COBALT-SERIES

橋屋本店閻魔帳

星月夜に婚礼を!

高山ちあき

集英社

橘屋本店閻魔帳

星月夜に婚礼を！

Contents

登場人物紹介
弘人《ひろと》
橘屋本店の息子で、
現在は美咲の家の
離れに暮らしている。
美咲の花婿候補。実体は鵺《ぬえ》。
美咲《みさき》
コンビニチェーン・橘屋の
酉ノ分店の跡取り娘。
母は人間だが、亡き父は妖狐。

化け猫
橘屋の取引相手。
陀《だ》羅《ら》尼《に》坊《ぼう》
富士の天狗の頭領。
劫《めぐる》
酉ノ分店でアルバイトをしている妖狐の少年。
雁《がん》木《ぎ》小《こ》僧《ぞう》
酉ノ分店の従業員。
静《しず》花《か》
申ノ分店の跡取り娘。

イラスト／くまの柚子

橘屋本店閻魔帳
星月夜に婚礼を!

のれんの色が変わるとき、
奥の襖《ふすま》は隠《かく》り世《よ》へと繋《つな》がり、
見えざる棚《たな》には妖怪向けの品々が並ぶ。
店の名は橘屋《たちばなや》。
獣《けもの》の妖怪を店主に据《す》えて、
現《うつ》し世《よ》に棲《す》まう妖怪たちの素行を見張る。

序章

世話係の女どもが、狐《きつね》の花嫁を作りあげるのをじっと見ていた。
紙燭《しそく》の明かりのもと、なめらかな肌にうっすらとはたかれる白粉《おしろい》。
細い筆が鼻梁《びりょう》をすべるようになぞり、髭《ひげ》を表す三本の線が頬《ほお》に描かれる。
眦《めじり》には、狐を彷彿《ほうふつ》とさせる黒い目張りが鋭く入る。
艶《あで》やかな紅《べに》をさして、結いあげられた髪を角隠《つのかく》しが被《おお》えば支度《したく》は終わる。
人と妖狐《ようこ》の血が流れているのだという娘の面《おもて》に、獣《けもの》の花嫁化粧はよく似合った。
世話係の女が、鏡を見せてほめそやす。
清らかな白無垢《しろむく》姿の娘がその中に映っている。
「美しいな、美咲《みさき》」
こっちは素直に喜びを伝えるのに、娘はすこしも関心を示さない。
けれど心は、時の流れとともにうつろうもの。
満天の星月夜《ほしづきよ》のこの夜に、娘は自分のものになる。

ひとたび肌を合わせれば、羽根《はね》族の女になる覚悟も固まるのにちがいない。
たとえいまは、ほかの男を想《おも》っているのだとしても——。

第一章　天狗の求婚

1

休日の昼下がり。

美咲《みさき》は裏町の〈御所《ごしょ》〉の一角にある茶室でお茶の作法の手ほどきをうけていた。

「なんて言うことをきかない布なの！」

ほのかに湯気の上がる茶釜《ちゃがま》の前で、イライラと朱色《しゅいろ》の袱紗《ふくさ》をさばいている。

袱紗は茶器を拭《ふ》き清めるための柔らかな布だが、折り方に決まりがあり、気を抜くとどろんと広がって手からすべり落ちてしまう。

ほかにも覚えなければならぬしきたりが盛りだくさんで、頭が痛くなりそうだった。

来週末の夜に、隠《かく》り世《よ》――この世の裏側にある妖怪たちの棲《す》む世界、または裏町ともいう――でひらかれるお茶会に出席せねばならないので、さっそく作法を学んでいるところである。

茶会を主催するのは橘屋《たちばなや》本店。

橘屋は現《うつ》し世《よ》（この世）では和風のコンビニチェーンを展開しているが、そのうち本店を含む十三店舗《てんぽ》は店の奥の襖《ふすま》が隠り世と繋《つな》がっており、夕刻になってのれんの色が変わると、店の奥の人には見えない棚《たな》に妖怪向けの商品が並ぶ。また、それらの店舗の主《あるじ》は、本店の鵺《ぬえ》を筆頭《ひっとう》に代々破魔《はま》の力をもった獣型《けものがた》の妖怪で、二つの世界を行き来する妖怪たちの悪行《あくぎょう》を取りしまる裏稼業《うらかぎょう》も担《にな》っている。

「おまえ、茶のたしなみはあるのか」

と弘人《ひろと》から訊《き》かれたのは、裏町の『紫水殿《しすいでん》』で妖怪がらみの事件が片づいた直後のこと。近々、橘屋と取り引きのある上客を歓待《かんたい》する茶会がもよおされるので、酉《とり》ノ分店《ぶんてん》の跡取りである美咲も顔を出すよう弘人の母、高子《たかこ》からお声がかかったのだという。

弘人は本店の息子で目下《もっか》恋愛中の相手なのだが、美咲が、父親は妖狐《ようこ》で母親は人間である半妖怪のために、そんな娘のもとに婿《むこ》入りはさせられないと高子からはつきあいを反対されている。

今回の茶会にしても、純粋にお茶を楽しんでもらうというよりは、そつなくやり過ごせるのかと挑戦状をつきつけられたような状況である。

弘人もひととおりの作法は習得しているが、今回、招待客をもてなすことになっているのは五色《ごしき》の花茶《はなちゃ》と呼ばれる特殊な異界のお茶。女と男では咲かせる花も微妙に異なってくるというので、〈御所〉で女官をしている綺蓉《きよう》から習うことになった。

「つぎは茶碗に茶粉《ちゃふん》を入れる……と」

美咲は棗《なつめ》に目をうつした。

五色の花茶など現し世には存在しないものなので、説明を聞いたとき美咲は面食らった。

赤・黄・青・白・緑の五色の茶粉を適量組み合わせて、点《た》てたときに表面に浮かび上がる色模様を見て楽しむもので、点て方次第では牡丹《ぼたん》の花が咲いたようになるのだという。

たしかに綺蓉が手本に点てたものは、茶碗の中で飲むのも惜しいような美しい色模様を描いていた。

美咲も綺蓉が教えてくれたとおりの配分で茶粉を混ぜているつもりなのだが、点てたものを批評係の弘人に渡すと――。

一杯目。

「薄い。味がなさすぎる！　点て直し」

二杯目。

「まずい。酸味がでている。点て直し！」

三杯目。

「色が悪い。枯《か》れた花かこれは。点て直し！」

味も色合いも思うようには仕上がらず、なかなか彼を納得させられない。

美咲が次こそは……と焦《あせ》ってがたぴしやっているうちに、棗がころがって中の粉が畳《たたみ》にこぼれて広がる。

「あ」

「美咲！　おまえ、やる気あんのかっ」

弘人が声を荒らげる。

「だって、粉の配分がわからないんだもん。目分量では限界があるのよ……」

「言いわけはいいから、おれの腹が下る前に加減を習得しろ」

弘人は腕組みしながら苛立《いらだ》たしげに言う。

そして色の具合も風味もそこなわぬように神経をつかって点てた四杯目も、七〇点と評されてあえなく却下《きやつか》された。

「弘人様、このお味なら問題ないのでは？」

綺蓉が弘人のつき返した茶の味を見てなだめるように言う。

「だめだ。花茶はその色模様を楽しむもの。味はともかく、見た目だけでも完璧《かんぺき》にしておかないと、先方の不興《ふきよう》をかう。どうせなんくせつけて美咲を客の前で貶《おとし》めるつもりなんだろう。おふくろの考えそうなことだ」

弘人に言われ、美咲もそんな目に遭《あ》う自分が想像できてしまった。いまのように中途半端《ちゆうとはんぱ》な腕前で茶会に出れば、まちがいなく大勢の前で笑いものになる。

「わかった、もうすこし頑張って練習するわ」

落ち込んでいても前に進めないので、美咲は気を取りなおしてもう一度袱紗をさばくところから挑戦しなおすことにした。

それから一時間がすぎた。

ようやく人並みに点てられるようになってきたので、今日のところはここまでにしましょうと綺蓉が気をきかせて切りあげてくれた。

「なんで料理が上手なのにうまい茶が点てられないんだ」

茶道具のあと片づけは美咲に任《まか》せ、気分転換に広庇《ひろひさし》に出た弘人が、あとを追ってきた綺蓉にぶつぶつとこぼす。

「花茶は、現し世育ちの美咲様にはなじみのないものですから無理もありません。味覚や嗅覚《きゅうかく》もわたくしたちとは若干《じゃっかん》異なるでしょうし。この短期間であのようにそこそこ美しい色模様が描けるようになっただけでもご立派です。褒《ほ》めてさしあげなければ」

綺蓉がおだやかに言った。

そこそこではいけない。完璧でないと高子を黙らせることはできない。弘人は手入れのゆきとどいた庭木に視線を投げたまま、不満げに押し黙る。

「それより、弘人様。お元気そうでなによりでした」

綺蓉はそう言って弘人の横顔をほっとしたように見つめる。

「ああ。綺蓉もな」

弘人も綺蓉と目を合わせ、すこし表情をなごませた。

ここを出て、もうひと月近くが過ぎた。これほどの長い期間、綺蓉と顔を合わせていなかったのははじめてだと弘人は気づく。

「美咲様と、いっそう仲を深めていらっしゃるごようす」

兄弟の嫁でも見るような微笑《ほほえ》ましい顔をして綺蓉は言う。

「そうかな。なんだかんだで、毎日言い争ってばかり」

弘人はやや苦笑をうかべながら美咲のほうを見やる。

美咲は茶器を拭き清めるのに集中している。

なにかはじめると、そのことしか頭になくなる女だ。家で料理をしているときなどもおなじ印象をうける。手もとに夢中で見られていることにさえ気づかない。そういう単細胞なところが可愛《かわい》らしいと思うし、その姿をそばで眺めていられるいまの暮らしには満足している。心の距離もずいぶん近くなったように思う。

「おまえも里帰りして、いい相手をみつけたら」

弘人は言った。

綺蓉は、橘家の鵺の血を絶やさぬためのしきたりに従って、弘人の側女《そばめ》として〈御所〉にあがった女だが、美咲はどうやら異種族の子を宿せる体のようだし、そうでなくとも綺蓉に子を産ませるつもりはない。綺蓉はもう、しきたりに縛《しば》られていつまでも〈御所〉に残る必要はないと弘人は思う。

「おまえには、ちゃんと幸せになってもらいたい」

弘人は綺蓉の目を見て告げた。

「あなた様が美咲様と幸せになるのを見届けてからにいたします。こちらでのお仕事も楽しいですし」

綺蓉はそっと微笑んで言う。

「そうか」

弘人が頷《うなず》いたとき、

「あのー。片づけ終わりました」

長々としごかれて疲れ気味の美咲が、げっそりしたようすで申し出てきた。

「ああ、ご苦労さん。……じゃあおれたちそろそろ行くよ。帰りに『更紗屋《さらさや》』に寄るんだ」

弘人はきっちりと片づけられた茶室を目で確認してから綺蓉に告げた。

「『更紗屋』ってなに？」

美咲が問う。

「呉服屋《ごふくや》だ。『乾《いぬい》呉服店』と競《きそ》ってる大店《おおだな》だよ。茶会に着ていくおまえの着物を買いたい」

『乾呉服店』といえば、以前〈紫水殿〉の事件がらみで張り込みをしたお店《たな》である。

「あたし、お金を持ってきてないわ。というか、着物を買えるほどのおこづかいなんて持っていないのよ」

「おれが買ってやるからいいよ」

「えっ」

美咲は目をまるくした。

「今回は野点《のだて》ですから、華やかに振袖《ふりそで》でも着ていかれてはいかがですか」

綺蓉がにこりと微笑んで提案する。

「振袖か、いいわね」

よそゆきの華やかな着物を思い浮かべた美咲は、嬉《うれ》しそうに頬《ほお》を上気させた。


『更紗屋』は本区界〈御所〉付近の目抜き通りにあった。

お店《たな》に着くころは日がとっぷり暮れて、空には痩《や》せた紅蓮《ぐれん》の月がうっすらと浮かんでいた。

もっとも夜行性である妖怪たちの活動時間はこれからなので、大路《おおじ》沿いのお店はどこもそこそこの賑《にぎ》わいを見せている。

「いらっしゃいませ、若旦那《わかだんな》」

人型の妖怪である番頭《ばんとう》がめざとく弘人の顔を見つけ、揉《も》み手で出迎える。

「振袖を選びにきた。彼女に似合いそうなものを持ってきて」

弘人は美咲を前に押し出して告げる。

「はい。かしこまりました。ささ、どうぞ奥の間《ま》へ」

番頭はみずからふたりを奥座敷《おくざしき》に誘導する。上客扱いのようである。

手代《てだい》が何枚かの商品をもって現れる。

弘人は衣桁《いこう》にかけられた振袖をひとしきり品定めしたあと、そのうちの一点を選んで手代に着せつけるように命じた。

襦袢《じゅばん》姿に着替えた美咲に、淡《あわ》く品のある色合いの振袖が着せられてゆく。

さらりとした正絹《せいけん》の肌ざわり。柄《がら》ゆきは流水紋様に御所車《ごしょぐるま》や扇《おうぎ》などの御所解《ごしょどき》紋様の広がった雅《みやび》やかなもので、値のはるものだと素人目《しろうとめ》にもわかる。

美咲は背筋を伸ばして姿見を覗《のぞ》いてみた。よいものを着ると顔の映りもちがって見える。

「ねえ、こういうのって高いんじゃないの？」

美咲は思わず声を抑《おさ》えてたずねる。

「値段のことは気にするな」

弘人はこともなげに言って別の振袖に目をうつす。

そういえば裕福な育ちのせいか、弘人には金にうるさいところはまったくない。経済観念に乏《とぼ》しいというわけではないが、自分にも他人にも気前よく金を遣《つか》う。

その後、四、五枚ほど彼が選び出した振袖を、着せ替え人形のようにとっかえひっかえ試着して顔映りを見た。金糸《きんし》を織りこんだ緋色地《ひいろじ》のもの、奥深い古典柄のもの、大胆《だいたん》な意匠《いしょう》の総絞《そうしぼ》り等。

「どれもお似合いですな」

鏡をのぞきこんだ手代が美咲の横でしみじみとつぶやく。

「さいしょの御所解のがいいな」

下あごに手をやって、美咲を観賞用の花のように眺めていた弘人が言う。

美咲も品のある感じが気に入ったので、それを買い上げることに決まった。

「こちらは友禅《ゆうぜん》染《ぞ》めの『山紫《さんし》水明《すいめい》』にございます。格調高く、それでいて飽《あ》きのこない名品でございます」

帯を選んでいるときに番頭が教えてくれる。

「へえ……」

こっちの世界では着物にも銘柄《めいがら》があるらしい。

「『山紫水明』は淡《あわ》くやわらかい風合いが魅力の、職人による正真正銘《しょうしんしょうめい》の手描き友禅です。最近、裏町では妙に発色のよい着物が出回ってましてな。褪色《たいしょく》もおきにくく、それでいて比較的安価なためによく売れているそうで……」

「そうなの」

卸《おろ》しのルートが非公開で、『更紗屋』ではその品は取り扱っていないという。

手代がすみやかに振袖と帯をたたみ、たとう紙に包んで持ち帰る手はずを整える。

店を出る頃には、大路を行き交《か》う妖怪の数が倍ほどに増えていた。

「あの、……これ、ありがとう。嬉《うれ》しい」

美咲は通りを弘人と並んで歩きながら、風呂敷《ふろしき》の包みを大切に胸に抱きかかえて言った。

「ああ。お茶の作法を頑張って覚えた褒美《ほうび》だよ。……おれが持とうか？」

「うん」

ちゃんと頑張りを認めてくれているのか。美咲はほっこりとした気分になる。

弘人は美咲から包みをうけとると、空《あ》いたほうの手を美咲の手に絡《から》ませてきた。

美咲はどきりとして弘人を仰《あお》いだ。

目が合うと、弘人は薄くひと笑みしたあと路沿《みちぞ》いのお店《たな》の賑わいに視線をうつす。言葉はないが、なんとなく彼も満足そうな顔をしているように見えた。

思えば茶会の誘いをうけてからというもの、こういう触れ合いはまったくなかった。高子からの挑戦を控えて、彼なりに焦りがあったのかもしれない。

男らしくて大きな手。振袖も嬉しかったが、しっとりと伝わるこのぬくもりこそが頑張った褒美のように思えて、美咲はさらに幸せな気持ちになる。

高子になにを言われようが、かまわないと思った。いまはこうして弘人がそばにいてくれて、ふたりがおなじ家に帰れるのだから——。

2

「で、問題の花茶《はなちゃ》はモノにできたのか、美咲《みさき》よ」

帰宅後、ハツに振袖《ふりそで》を自慢げに披露《ひろう》すると、ハツは弘人《ひろと》にひとしきり礼を言ったあと、やや心もとないようすでたずねてきた。

「ええと、一応……」

美咲は弘人のほうをチラとうかがいながら返す。

「まあ、なんとか切り抜けられそうな仕上がりです」

美咲に代わって弘人が答える。

「そうか。それならひと安心じゃな」

「でも花茶って半分は運みたいなものよね。お湯の温度ひとつでも微妙にできばえが変わってくるんだもの。茶釜《ちゃがま》の湯が予想より冷めてたり熱すぎたりしたら今日までの特訓が水の泡《あわ》だわ」

「運は技術でカバーするのじゃ、美咲よ」

「もうあとがないかもって思うとなんだか緊張する」

「あとがないとはなんじゃ、大げさな」

「だって高子《たかこ》様ははなっからあたしのことなんて……」

認める気なんかないのよ、と言いかけて美咲ははたと口をつぐむ。しまった。高子から、怒鳴りこまれると厄介《やっかい》だからハツには言うなと口止めされているのだった。

「高子殿がなんじゃと?」

ハツが眉《まゆ》をあげた。

「え、ええと……」

「話しとけよ。隠してても仕方ない」

弘人が迷って口ごもる美咲を促《うなが》す。たしかに、隠していてもいずればれてしまうことではある。

「あの、実は高子様から、ヒロは申《さる》ノ分店《ぶんてん》の静花《しずか》さんと結婚する予定だからヒロには近づくなって言われていて……。あたしは半妖怪だし店主としてふさわしくないから、そんな女のもとにはとても婿《むこい》入りさせられないって。要するに嫌われているっていうかなんていうか……」

美咲はやはり言いづらくなって尻すぼみに答える。へたに弘人とくっつけば店舗《てんぽ》存続が危ぶまれる状況であるのに、流されるままこうして同居などしているのだから、ある意味、身勝手である。隠し事をしていたことにも、ハツは腹を立てるかもしれない。

ところがそんなことは歯牙《しが》にもかけないで、ハツは威勢《いせい》よく返した。

「はん。それしきのことで怖気《おじけ》づいてどうするのだ。愛息の花嫁候補が至《いた》らない女ならばいびりとおして追い払うのが世の習い。息子の幸せを想《おも》う母として当然の所業じゃ。わしも昔はゆりのことを苛《いじ》めて試したものよ」

「ええっ？」

「ちっと脅《おど》されたぐらいで弱気になるでない。インネンつける姑《しゅうとめ》など姥捨《うばす》て山に送りこんでやるくらいの意気ごみで挑まねば。弘人殿には尽くして尽くして尽くしまくり、高子殿に認めてもらうのだ。それが無理ならさっさとやや子でもこしらえて見せつけてやんな。かわいい孫の顔を見れば高子殿も黙るわい」

　ハツはそう言って、美咲の不安をがははと笑い飛ばす。

「そ、そんな簡単に言わないでよ……」

　美咲は頬《ほお》を赤らめた。自分たちはまだそんな関係をもったことさえないというのに。

　それに、結婚前に子供なんてつくったら刺されそうである。ハツは高子がどういう人かを知らないのではないか。

「まあ、子供はともかく、いままでどおり店主としての修行に励めよ。前向きな姿勢でいることが大事だ。おまえが挫折《ざせつ》したらおれもおふくろを説得できない」

　頬杖《ほおづえ》をついて話を聞いていた弘人が口を挟む。

「そうじゃ美咲、こんなところであきらめてもらっては困るぞよ。もしもここで弘人殿を逃したら、おまえさんは天狗《てんぐ》の郷《さと》行きなのじゃからな」

面《おもて》をひきしめたハツが唸《うな》るように告げた。

「天狗の郷？」

「それはなんの話です？」

弘人もけげんそうに訊《き》き返す。

「は。実は厄介《やっかい》なことになりまして」

そうくることを読んでいたようにハツが言って、閂箪笥《かんぬきだんす》から白い封書をとり出してきた。

「あ、それって劫《めぐる》が届けてくれた手紙よね」

すこし前に、彼が店でうけとってわざわざ家に持ってきてくれたものだ。

「宛名《あてな》はわしの名だったが、中身はおまえさん宛だったのじゃ、美咲よ」

ハツは封書を美咲に手渡した。

美咲がうけとったものを逆さにすると、中から筆でしたためられた手紙と黒い鳥の羽根《はね》が出てきた。

「なあに、この大きな羽根は」

艶《つや》のある漆黒《しっこく》のそれは、烏《からす》のものより少し長い。

「これは……」

弘人がとなりで表情をこわばらせる。

「天狗の羽根じゃ。ただの羽根ではない。彼らの急所に生えると言われている内黒羽根《うちくろばね》と呼ばれる特殊なものじゃ」

「ふうん、どうしてそんなもの送りつけてきたのかしら」

「内黒羽根は天狗による求婚の証《あかし》じゃ」

「はっ？」

美咲は思わず頓狂《とんきょう》な声を出した。

「求婚って、だれに？」

「お婆《ばば》のわしにしても始まらんじゃろが」

「じゃああたし？　でも、あたしに天狗の知り合いなんていないわよ」

「むこうはおまえさんのことをしっかりと知りつくしているようじゃぞ、ほれ読んでみよ」

ハツはそう言って、手紙を指さす。

美咲はあわてて書かれた内容に目をとおした。

そこには学校生活や妖怪退治における美咲の素行を褒《ほ》めちぎる文章が、みみずの這《は》ったような下手《へた》くそな字でびっしりと書き綴《つづ》られている。おまけに弘人に関してもふれており、身勝手だの殺してやるだのと内容がすさまじいので目をむいた。

「なんなの、この手紙は。まるでストーカーじゃないの！」

美咲は驚きの声をあげた。いつのまに、自分の日常をこんなに覗《のぞ》き見られていたのだろう。

「おれを殺して美咲を嫁にするって、つまり、おれにとっては果たし状ってことですか、これは」

　弘人は美咲の手から羽根をとりあげて、じっくりと眺めながら言う。

「そのようですじゃ。なにをどうまちがったのか、羽根族に目をつけられるとは……」

「でも、こんなの断ればすむ話じゃない？　あたし、天狗と結婚なんてする気ないし」

　美咲が比較的のんきに返すと、ハツは眉《まゆ》を吊《つ》りあげた。

「阿呆《あほう》！　天狗の求婚は絶対じゃ。断れば末代《まつだい》まで祟《たた》られると言われておるのだぞ」

「祟られる？」

「そうよ。ある異種族の娘は天狗の求婚を拒絶して別の男と一緒になった。しかしその娘の子供は第一子をのぞいて皆殺しにされた。またその子供が産んだ子も、さらにそのまた子供もまったくおなじ目に遭《あ》ったという。天狗はわしら獣型《けものがた》の妖怪と異なり寿命《じゅみょう》が長いので、そういうことができてしまうのじゃ」

「そんな……」

　美咲は縮みあがった。

「またある女天狗は、同族の男からの求婚を拒《こば》んで別の男のもとへ走ったために、爪《つめ》を剝《は》がされ、舌の先を切られて郷から追放されたという話もある」

「天狗に勝てるだけの力が嫁自身にあれば、逃れられる決まりなんだけどな」

　弘人が言う。自分より強いものの意思になら従ってくれるといったところか。

「でも、天狗って強いのよね？」

美咲は青ざめながら問う。以前、ひとりで〈御所《ごしょ》〉の綺蓉《きよう》を訪ねたとき、たしか彼女がそう言っていた。

「ああ。どこの天狗かはわからないが、おまえがすんなり勝てるとは思えないな」

「どうしよう……おばあちゃんたら、こんな重大なこと、どうしてはやく教えてくれなかったのよ」

なにやら妙なことになってきて、美咲はうろたえはじめた。

「さっさと弘人殿と夫婦《めおと》にならねばならんとは言ってあったじゃろ」

そういえば言われた気がしないでもないが、それはいつもの口癖《くちぐせ》なので聞き流していた。

「いや、実はわしもうけとった当初はだれかのいたずらと思うておったのだがな。最近になってなにやら胸騒《むなさわ》ぎがするので、念のために本店の吟味方《ぎんみがた》に持ちこんで鑑定《かんてい》を頼んだところ、この羽根が偽物《にせもの》などではないということが判明して腰を抜かしたのよ」

「鑑定で身元は割れませんでしたか」

弘人が問うものの、ハツはかぶりをふった。

「前科者ではないということくらいしか……。さすがに天狗も人妻となった女子《おなご》を娶《めと》ろうとはせんだろうから、ここは早々に弘人殿には美咲と夫婦になってもらわねば。それが無理なら、せめてお上《かみ》の声でも借りて婚約をおおやけにせねばなりませぬ。いまのままでは美咲は、天狗の郷に嫁入りじゃ」

「天狗の郷って……」

美咲はいきなり突きつけられた、ありえない未来に呆然《ぼうぜん》となる。

「天狗が迎えをよこすというのはいつの話ですか」

苦い表情のまま、弘人が問う。

「わかりませぬ。手紙には梅雨明《つゆあ》けのころ、身辺の準備とととのい次第まかりこすとだけ
たしかに手紙にはそう書いてある。

梅雨明け――。いまは六月に入ったばかりだからすこし時間がある。

「もしほんとうにヒロとの結婚前に天狗が迎えにきたら、酉《とり》ノ分店はどうなるのよ？」

「終わりじゃ。天狗《てんぐ》道《どう》はさらなる異界。雷神《らいじん》の力さえ及ばぬ特殊な霊場なのだ。一度郷に入って囲われたら羽根のない者は自力で戻ることはできぬ。わしが亡きあとは、ここは閉めるか譲《ゆず》るかしか道はあるまいな」

ハツはそう言って、めずらしく悲嘆《ひたん》に暮れたようすでよよと皺《しわ》の刻まれた顔をおおった。

「そんな、お店を閉めるなんて！　なに弱気なこと言ってるのよ、おばあちゃん」

これまでさんざん熱心に店舗存続を訴えていたのに。

「……ねえ、神効《しんこう》が降ろせない場所なんてほんとうに存在するの？」

美咲は信じられない思いで弘人にたずねる。

「ああ、それらしい話は聞かされているな。おれは実際に天狗道に入ったこともないからなんとも言えないが」

弘人がはっきりと否定しないところをみるとどうやら事実のようだ。もし郷に連れていかれたら、ハツの言うとおり二度と戻ってこられないのかもしれない。

「なんとかならないの？」

店を継ぐことを決めて、店主としての力も自覚もずいぶんとついてきた。弘人もせっかくその気になって婿入りを決めてくれたというのに。

「どうしてこんなことになっちゃったのよ……」

美咲は途方に暮れてつぶやく。

3

それから、具体的な策を講じることもなく一週間が過ぎた。

ハツから話を聞かされたときはかなり驚いたのだが、向こうが動きだすのは梅雨明《つゆあ》けということだったし、相手の素性《すじょう》も顔すらもわからないので、正直なところ当初の切羽詰《せっぱつ》まった感じはすっかり薄れてしまっていた。

内黒羽根《うちくろばね》は本物だったが、手紙自体がひょっとしたらまったくのいたずらということもありうる。あるいは、そんな現実がうけ入れがたく、無意識のうちに頭から締め出しているのかもしれないけれど——。

日曜の夕方。

友達とランチをして買い物を楽しんでから適当に家に帰ると、弘人《ひろと》が居間で横になって寝ていた。

勉強の途中だったのか、紫檀《したん》の座卓には開きっぱなしの教科書やノート、それに鉛筆が転がっている。

ノートを見ると、美咲《みさき》には理解不能な数式がきれいな字でぎっしり。それからほのかに甘くもったりとした香りがするのでなにかと思えば、そばに霊酒《れいしゅ》の瓶《びん》があった。霊酒とは生き物の魂魄《こんぱく》を醸《かも》した異界の酒。

(もう飲んでる……)

そして寝たのか。酒を飲みながら勉強をするなんて言語道断《ごんごどうだん》である。

けれど最近、妖怪料理を作るのを怠《おこた》っていたので文句も言えない。現《うつ》し世《よ》と隠《かく》り世《よ》では環境が異なるため、こっちで暮らしている妖怪たちは、ときおり霊酒や隠り世の食物を摂取《せっしゅ》しないと妖力《ようりき》をよい状態に保っていられない。しかしながら異界の食べ物は、どう頑張っても現し世育ちで半妖怪の美咲の口には合わないので、おのずと献立《こんだて》から外れてしまうのだ。

ちゃんと一品くらいは用意しなければいけないなと美咲は反省した。

「ヒロ。起きて。こんなところで寝てたら風邪《かぜ》ひくわよ」

そばに座って肩をゆりうごかすが、すっかりと寝入っているようで反応がない。

美咲はじっと弘人の顔を見つめた。見ようによっては冷たく整ったこの顔も、眠っているときは無防備でどこかあどけない。

（うふふ。子供みたいな寝顔……）

美咲は弘人の髪に、そっと触れてみた。

豊かな柔らかい黒髪。そういえば、こんなふうに髪を撫《な》でることなんていままでなかったような気がする。指のすきまに弘人を感じて、急に愛《いと》しさが増した。この男を好きなのだと心から思う。

と、なんの前触れもなく、弘人が目を開いた。

美咲はびっくりして、あわてて手を引っこめようとしたけれど、すかさず手首をとられてしまった。

瞳《ひとみ》の色は妖気を解放して翡翠《ひすい》色《いろ》をしている。現し世では家にいるときでもたいてい人間の目の色を擬態《ぎたい》しているのに。けっこう飲んだのかもしれないと美咲は警戒を深めた。

「お、起きてたの……？」

「おまえが起こしたんだろうが」

弘人は美咲の手首をつかんだまま、半身を起こす。

「はなしてよ」

「いやだ」

口の端が吊《つ》りあがり、翡翠色の目にいたずらめいたものがひらめく。

この顔つきはまずい。美咲はあわてて目をそらし、弘人の手をふり払った。

「あ、あたしもそろそろ宿題やらなきゃいけないから行くわ」

「宿題なんてあとでおれがやってやるよ」

らしくない、不謹慎《ふきんしん》な発言である。

「それじゃ、あたしのためにならないじゃない。最近テストの点が落ちてるのよ。きっと妖怪退治に時間を割《さ》いてるせいで勉強がおろそかになってるんだわ」

美咲はもっともらしく言って、ひとりでうんうんと頷《うなず》いてみせる。

「おまえ、進学と裏稼業《うらかぎょう》、どっちが大事なの?」

弘人は逃れようとする美咲の腰に腕をまわしていささか乱暴に引きよせた。

「それは……どっちも大事よ。お店を継ぐのはわかってても、短大くらい行きたいわ」

弘人の懐《ふところ》に囲われた美咲は、どぎまぎしつつも答える。

「でもその前に天狗《てんぐ》の問題を片づけなくちゃ。あたしこのままじゃ、郷《さと》に連れていかれるかもしれないもの」

美咲がふとそのことを思い出して不安げに眉《まゆ》をよせると、

「あの羽根のことを気にしているのか」

弘人がそっと美咲の前髪に触れながら問いかけてくる。

「そりゃ、なんとなくは……」

弘人を近くに感じて、美咲は急に落ち着かなくなった。

「天狗なんて、おれが追い払ってやるから大丈夫だよ」

弘人は美咲の背に掌《てのひら》を這《は》わせ、体を包みこむように抱きなおして言う。

「できるの……？」

あたりにほのかにただよう官能《かんのう》を煽《あお》る霊酒の香りに、なかば気をとられながら美咲は問う。

「できるよ」

弘人は優しい声で答えながら、いくらか緊張している美咲の体をさりげなく押して畳《たたみ》に組み敷いた。

「な、なにするのよ……」

至近距離で弘人から見下ろされる形になって、美咲の鼓動《こどう》は一気にはねあがった。

「心配するな。天狗のもとへは行かせない。おまえはおれの女だ。この家でおれとずっと一緒に暮らそう」

酒が入っているとはいえ、真剣な目をして口説《くど》いてくるので美咲はどきりとした。

「ヒロ……」

自分だって天狗の嫁になる気などない。このまま弘人と結婚してずっと一緒にいたい。その気持ちは伝えたくて、美咲はじっと弘人を見つめ返す。

間近でお互いをただ見つめ合うだけの、なんとも甘い沈黙が流れる。

「天狗に娶《めと》られないよう、このまま既成《きせい》事実でもつくるか？」

視線をからませたまま、弘人がうっとりするような艶《つや》めいた声で囁《ささや》きかけてくる。こめかみに触れていた指先が、誘うように首筋にすべり落ちてゆく。

美咲は思わず頷きそうになるが、はっと我《われ》に返って口づけをしようと迫る弘人の面《おもて》を手で遮《さえぎ》った。

「酔ってるんでしょ」

「酔ってないよ」

「嘘《うそ》よ。酔っ払いと毒物はお断りなのよ！」

弘人は妖毒《ようどく》を操る力を秘めている。酔ってうっかり毒でも盛られてはたまったものではない。

「あー傷ついた。ひどい差別発言だな、それは」

弘人は美咲の手を払いのけ、不機嫌《ふきげん》さを滲《にじ》ませて言った。

「差別じゃなくて区別してるのよ。それにあたし、まだ心の準備とか体の準備とかいろいろできてないし……っ」

「体の準備ならおれがしてやるから安心しろ」

「ちょ、やめて、真顔でそんなこと言わないで！　ていうか、どうせいつも酔っ払って、よそでもこういうことしてるんでしょ」

美咲は高鳴る胸を押さえながらもじろりと弘人を見やる。いつか問いつめてはっきりさせなければと思っていた。が、

「惚《ほ》れた女にしかしないよ」

弘人は美咲の肩口に顔をうずめて、耳元で静かに告げる。甘い声にしっとりと耳朶《じだ》を撫でられたような心地がして美咲はにわかに怯《ひる》んだ。

弘人はそのまま、彼女の首筋にねだるような口づけを落としてゆく。

そういう場所にだれかの唇《くちびる》を感じるのははじめてのことで、美咲はこれまでになく緊張した。体の深みに響くものがあって、顔が意識とは無関係に火照《ほて》る。

「あの、やっぱりまだあたしたち、こういうことは……」

未知の体験にともなう諸々《もろもろ》の不安に耐えられなくなった美咲は、弱々しく弘人の肩を押しのけた。

「愛し合っている者どうしなんだからなにも問題ないだろ」

弘人は美咲の両手首をやんわりと畳に縫《ぬ》いとめながら言う。

「でもまだ明るい時間なのに……」

美咲はなにか理由をみつけて逃れようとするが、

「寝た子を起こしたおまえが悪い」

弘人は聞く耳をもたず、ほとんど強引に彼女の口を塞《ふさ》いだ。

(あ……)

唇に弘人の熱を感じて、美咲は目を閉ざした。そこが触れたとたん、なぜか抗《あらが》うことができなくなった。好きな人のわがままを、体は簡単にゆるしてしまう。まるでそれを待っていたかのように。

いけない。こんなことをしている場合ではないのに。けれど、ゆったりと繰り返される体の芯《しん》を蕩《とろ》かすような甘く優しい口づけに魅了されて、ますます体の力が奪われてゆく。

と、そのとき。

玄関の戸を荒々しく開ける音がして、人のやってくる気配がした。

(だれか帰ってきた……!)

美咲はあわてて顔をそむけて口づけを中断した。

ハツやゆりにしては迫力のある力強い足音がのしのしと縁《えん》をつたってくる。勝手に人の家に上がりこんでくるということは妖怪の客だろうか。

「ちょっと、だれかくるってば」

「みたいだな」

弘人は美咲の髪を掬《すく》って弄《もてあそ》びながら、まったく気にもとめずに返す。

美咲は危機感をおぼえ、退《ど》こうとしない弘人の下でじたばたともがいた。客が来るというのに続けるつもりか。

「おーい、ヒロ坊はいるかー？」

聞き覚えのある、低くてよく通る男の声がした。

「ん？　この声は……」

弘人がぴくりと反応して顔をあげた。

縁に続く居間の戸口に姿を現したのは、いつものごとく趣味のよい派手な柄《がら》ゆきの着物に身を包んだ赤毛の美丈夫《びじょうふ》、酒天童子《しゅてんどうじ》であった。

「おう。なんだ、寝技の指南《しなん》か？」

弘人と、彼の下敷きになっている美咲を目《ま》の当《あ》たりにした酒天童子が問う。

「ちがう。婚前交渉の最中だ。さる事情により、急ぎ成立させることになった」

美咲の上で、大真面目《おおまじめ》に弘人が返す。

「こ、婚前交渉？」

美咲は恥ずかしい言葉に目をむいた。

「ち、違うのよ、助けて、酒天童子！　この人、酔っ払ってるんだから……」

「蕩けそうな顔でキスされてたくせによく言うな、おまえ」

弘人が意地悪く言って美咲の耳元の髪をかきあげ、耳朶《じだ》に嚙《か》むような口づけを与える。

「きゃああ、見られてるのにやめて！」

美咲はどうしようもなく甘い痛みと羞恥《しゅうち》に顔を真っ赤にして抵抗する。

「見せているんだから気にするな」

弘人は、あばれる美咲の両手首を右手ひとつで押さえこんで愉快《ゆかい》そうに返す。

空《あ》いた反対の手が上着を脱がせようとしてくるから、美咲は本気で貞操《ていそう》の危機を感じた。こういうときの弘人は人目があろうとなかろうとそんなことはまったく気にしない。

（まずいわ、このお色気モードは……）

ほんとうに起こさなければよかった。寝顔はかわいかったのに、目が覚めたらただの色魔《しきま》だった。

「おまえら、和姦《わかん》なのか強姦《ごうかん》なのかはっきりしろ」

酒天童子が腕組みしてふたりを眺めながら、しらけた顔で言う。

「立派な強姦ですっ。はやく助けてよ、酒天童子！」

「どうでもいいが、今夜は〈高砂《たかさご》の粟焼酎《あわじょうちゅう》〉が解禁の日なんだ。さっさと『八客《はっかく》』にいって飲むぞ、弘坊」

美咲の訴えなどほんとうにどうでもよさそうに聞き流して、酒天童子は弘人に誘いかける。

裏町の酒房《しゅぼう》『八客』は、各地から取りよせた蔵出《くらだ》し間《ま》もない名酒をふるまう店でもあるので、新しいものが入るたびにこうして飲みの誘いがくる。

「ああ、粟焼酎か……初夏にしか飲めないやつだったな」

弘人の手がぴたりと止まった。それから美咲に乗っかったままひと思案《しあん》した彼は、

「よし。飲みなおすか。服を直せ、美咲。いまから『八客』に行こう」

ころりと気が変わったようすで美咲からはなれた。

たったいままで目のくらむような色めいた雰囲気《ふんいき》でこっちを惑《まど》わせていたのに、いまや心はしっかりと美酒のほうにうつっているようすだ。

(んん? あたし、お酒に負けたってこと……?)

美咲はほっとしつつも、なにやら複雑な心地で半身を起こし、乱れかけた衣服をそそくさと整える。

4

『八客《はっかく》』はあいかわらず早い時間から繁盛《はんじょう》していた。

客で埋めつくされた座敷《ざしき》にはいつもどおり酒と炙《あぶ》り物の香りがたちこめ、妖怪たちの雑談と笑い声にさんざめいて活気に溢《あふ》れている。

顔ぶれは酒天童子《しゅてんどうじ》をはじめとする美咲《みさき》も見知った常連ばかりだった。

「ねえ、天狗《てんぐ》の郷《さと》って行ったことある?」

美咲は酒天童子にたずねてみた。

「どこのだ？　天狗の郷なら全国に四〇あまりあるぞ」

天狗にはいくつもの血統があって、それぞれ棲《す》んでいる土地と合わせて名称があるという。愛宕山《あたごやま》の太郎坊《たろうぼう》、鞍馬山《くらまやま》の僧正坊《そうじょうぼう》といった具合に。

「場所によって郷の雰囲気《ふんいき》もちがうの？」

「どこも似たりよったりだな。深い山の中にあって、神気に満ちている。天狗道《てんぐどう》は隠り世《かくよ》の中でも特殊な空間だ。外部とは隔《へだ》てられていて、飛べないやつは『飛天間《ひてんま》』という店の戸を通じてしか郷に入ることはできない」

ハツも似たようなことを言っていた。あそこはさらなる異界なのだと。

「神効《しんこう》が降ろせないというのもほんとうなの？」

「必要もないからな。天狗が暴れても、こっちで片をつければすむ話だ。郷内の不祥事《ふしょうじ》は外にまでは及びようがないし、彼らだけでおおよそ対処できる体制が整っている」

「そうなんだ」

「なんでまた天狗の話なんぞ？」

酒天童子のとなりにいた大座頭《おおざとう》がけげんそうに問う。

「こいつに求婚の内黒羽根《うちくろばね》を送りつけてきやがった野郎がいるんだ。おれよりも幸せにしてみせるからぜひ嫁にこいだと」

弘人が不機嫌《ふきげん》そうに答える。

「なんだ、おまえの婿《むこ》入り話を知っていながら横恋慕《よこれんぼ》してくるとは、身のほど知らずがいたもんだな。どこのどいつだ？」

酒天童子が問う。

「わからない。求婚の羽根は黒かったが、名乗らないところをみると強引に美咲を連れ去る心積もりがありそうだ」

「ははは。かどわかしはやつらの十八番《おはこ》だからな」

酒天童子らは声をたてて笑った。

たしかに現《うつ》し世《よ》で起きる神隠しは、むかしから天狗の仕業《しわざ》だと言われてきた。天狗さらいなどという言葉もある。

「笑いごとじゃない。郷に連れこまれたら厄介《やっかい》だ」

弘人はいまいましげに眉根《まゆね》をよせた。

「崇徳《すとく》の大天狗のからんでいる可能性は？」

大座頭の問いに美咲は息を呑《の》んだ。

「そういえば崇徳上皇《じょうこう》も天狗じゃないの。まさか……」

崇徳上皇は現し世に実在した人物で、死後、讃岐《さぬき》に埋葬《まいそう》されたものの、強い恨《うら》みと悲しみのうちに天狗に化生《けしょう》して蘇《よみがえ》った大妖怪である。橘《たちばな》屋《や》転覆《てんぷく》を謀《はか》る首魁《しゅかい》とされていたが、いまはかつての権勢はなく、その名ばかりがひとり歩きしている状態なのだという。

「ありえない。讃岐の天狗はみな羽根が鳶色《とびいろ》か白い色をしている」

　酒天童子がきっぱりと言った。

「ああ、それに手紙は総介《そうすけ》が謀反《むほん》を起こすよりも前にハッさんのもとに届いてるが、彼はそんな話にはまったく触れてなかった。かかわりがあるとは思えないな」

　弘人も否定する。ついこの前、崇徳上皇がらみで本店の医務官が事件を起こしたが、たしかに彼は嫁取りに関してなどはいっさい口にしていなかった。

「では、ほかにも謀反気《むほんぎ》のある羽根族の一派がいるわけか？」

　大座頭がふたたび問う。

「分店の二ノ姫に求婚したからといって即刻謀反と考えるのは短絡《たんらく》的すぎるな。そもそもおまえらの結婚なんてまだ口約束に過ぎんのだろう？」

　酒天童子が弘人を見る。

「そういえば以前、雨女《あめおんな》から妙な噂《うわさ》を聞いたな。天狗がお上《かみ》に宣戦布告をするとかしないとか……」

　弘人が思い出したように言う。

「じゃあ、ほんとうにまた橘屋に背《そむ》くやつの仕業《しわざ》かもしれないの？」

「どうだかな」

あくまで世間話ではあるが、どうにも不穏《ふおん》な流れになってきて美咲は顔をくもらせた。また厄介な事件が起きそうないやな予感がする。

「――で、修行の方は、ちったあ進歩したのか？　力をつけて天狗を負かせば嫁取りも白紙に戻せるんだぞ」

厠《かわや》に行くと弘人が席を立ってしばらくしてから、酒天童子が霊酒《れいしゅ》で満たされた酒盃《しゅはい》を傾けながら美咲にたずねてきた。

そういえば、この鬼はすでに弘人が美咲の家に居候《いそうろう》し、修行につきあっていることを知っていた。弘人から聞かされたのだろうか。

「おまえさんじゃ、ヒロ坊と勝負しても勝てんだろう？」

「ええ。いっつも龍の髭《ひげ》で縛《しば》られて終わるわ」

美咲は、弘人の仕掛けてくる容赦《ようしゃ》のない攻撃を思い出してうんざりしながらぼやく。

「捕縄《とりなわ》はあいつの裏芸のひとつだからな。……いや、おまえ、ちがう意味で縛られてんじゃねえの？　そういや、責め絵とか見るの好きだからなあ、ヒロは」

酒天童子は腕組みしてにやりと笑う。

「責め絵ってなに？」

「女人《にょにん》の被虐美《ひぎゃくび》を描いた芸術だ」

「被虐美って……、はあ？　やっぱりヒロって危ない趣味があるんじゃない。あの人、修行にかこつけてあたしを苛《いじ》めて楽しんでいるんだわ。最っっ低！」

　美咲が卓上《たくじょう》をドンと叩《たた》いて息巻くと、

「誰が危ない趣味だって？」

　いつの間《ま》にか戻ったらしい弘人の声が、頭からふってきた。

「美咲、おまえ、おれがいないと思って言いたい放題か、コラ！」

「ご、ごめんなさい……っ」

「捕縄は日本の伝統武術のひとつだ。おまえだってしっかり身につけないと、せっかく獲物《えもの》を押さえても反撃くらったり隙《すき》をつかれて捕り逃《のが》すことになるんだぞ。最《もっと》も美しく、最も強靭《きょうじん》な縛り方をいまここで伝授してやろうか？」

　弘人は美咲の背後で膝《ひざ》を折り、龍の髭をちらつかせながら羽交《はが》い締《じ》めにして脅《おど》す。

「やめて！　酔っ払ったヒロが言うとなんか違う意味に聞こえる……っ」

　背中に弘人を感じてどきまぎしながらも、美咲は抵抗してもがく。

「今日はまだそこまでは酔ってない」

　弘人はそう言って美咲を解放すると、おとなしく龍の髭を袂《たもと》にひっこめてとなりに座った。

「待って。じゃあ、そこまで酔っ払ったときはどうなるっていうの？」

「おまえみたいに減らず口を叩く女は、手も足も出ないように緊縛《きんばく》して嗤《わら》ってやりたくなるな」

「やっぱりそっちの気《け》があるんじゃないのっ」

「おまえら、つまらん痴話《ちわ》喧嘩《げんか》をしている暇《ひま》があったら天狗の嫁取りを回避する策でも考えたらどうだ」

それもそうである。

酒天童子に言われ、ふたりはそろって肩をすくめた。

第二章　別離

1

茶会の宵《よい》。

美咲《みさき》は裏町の本区界にある某《ぼう》料亭に来ていた。

数奇屋《すきや》作りの建物の前にひろがるのは石と植栽《しょくさい》、枯山水《かれさんすい》の調和が美しい庭園である。

その一角に緋毛氈《ひもうせん》が敷かれ、頭上には朱色《しゅいろ》の野点《のだて》用の傘《かさ》が開いて、置炉《おきろ》や建水《けんすい》などの茶道具を配した茶席が設《もう》けられている。

鬼火が皓々《こうこう》とあたりを照らし出し、昼間のように明るい。これならば花茶《はなちゃ》の彩《いろど》りもさぞや鮮明に客の目に映ることだろう。

招かれているのは橘《たちばな》屋《や》と取り引きのあるという上客一〇名ほどで、亭主席《ていしゅせき》側に並んだ橘屋の店員とあわせて総勢十五名あまりの人型をとった妖怪が、点前席《てまえせき》を挟むかたちで向かい合って端座《たんざ》している。

和服に身を包んだ高子《たかこ》、静花《しずか》、弘人《ひろと》、美咲の順に並んでいるが、夜目にも鮮やかな静花の桃色系の総絞《そうしぼ》りの振袖《ふりそで》は美咲のものに勝るとも劣らない華《はな》やぎがある。

美咲たちはおなじ姿勢のまま、さきほどからじっと待たされている。琴《こと》の音《ね》などが流れて風《ふう》雅《が》な雰囲気《ふんいき》に満ちているが、客のひとりが遅刻しているので、開始が遅れていた。

「あの箒目《ほうきめ》の渦紋《かもん》はおみごとですな」

「ほおォ、こちらの苔《こけ》のむし具合もたまりませんな」

客たちは庭園のほうを眺めながら、手入れの行き届いた枯山水をしきりに称賛《しょうさん》し合っている。

しかし美咲は枯山水どころではなく、御手洗いに行きたくてうずうずしていた。

(うう。やばい。緊張のせいだわ……)

出がけにしっかり用は足してきたはずなのに。はじめは気のせいだと言い聞かせていたものの、時間がたつにつれてそのことしか考えられなくなった。

自分をごまかすのに限界を感じた美咲は、ついにこっそりと弘人の袖《そで》を引いた。

『ねえ、ヒロ』

『ん?』

『……トイレ』

『がまんしろ』

にべもなく却下《きゃっか》される。

『さっきからしてるけど、もう限界なの』

美咲の切羽詰《せっぱつ》まった顔を見て、弘人は渋面《じゅうめん》をつくった。

『じゃあ、こっそり行ってこい。すぐに戻るんだぞ』

あきれたようにため息をついてから、引き続き声をひそめて返す。

「あら、どうなさったの、美咲さん」

弘人のむこうにいた静花がふたりのひそひそ話に気づいて問いかけてくる。

「すみません、わたし、ちょっと御手洗い」

美咲はひきつった笑みを浮かべながら、腰を浮かせた。と、そのとたん、予想外のことが起きた。両足が、思わぬ強烈なしびれに見舞われていて、立つのに失敗してしまったのだ。

「きゃあっ」

平衡《へいこう》を崩した美咲は、そのままよろけて弘人のほうに倒れこんだ。

「バカ、なにしてんだよ、おまえは」

とっさに美咲の体をうけ止めた弘人が、声を抑《おさ》えて叱《しか》る。ほとんど抱き合うような形でいる二人に、みなの視線がわっと集中する。

「ごっ、ごめん。……足、しびれすぎ」

美咲は小声であやまりながら、あたふたと弘人からはなれて体勢をととのえた。

みなの視線が痛い。とくに、高子と静花の射殺《いころ》すような鋭い視線が。

（邪眼《じゃがん》の持ち主だったら絶対に殺されてる……）

「し、失礼いたしました」

美咲は作り笑いを浮かべて詫《わ》びると、忍耐のない自分の脚《あし》を呪《のろ》いつつ、そそくさとその場を辞《じ》した。

逃げるように館に駆けこみ、縁《えん》の角にまわりこんでから深々と息をつく。

「あー、怖かった」

鬼の形相《ぎょうそう》とはまさにあれのことだと美咲は思う。睨《にら》みをきかせた美しい顔がふたつも並ぶとかなりの迫力である。

（でも、これでまた高子様に嫌われちゃったわ……）

美咲はつまらない失敗に肩を落としながら、痺《しび》れを残す足を引きずるようにして厠《かわや》に向かった。

「おい、そこの女」

「はい？」

用を足してすっきりした気分で厠を出たところで、美咲はいきなり見知らぬ男に呼び止められた。

声のほうを振り返ると、白っぽい和装束《わしょうぞく》に身を包んだ若者が立っていた。

凛《りん》と張った眉《まゆ》、鋭い目、顔だちは精悍《せいかん》に整い、肩にかかる髪は艶《つや》やかだがざんばらで、茶褐《ちゃかつ》美男子である。

色《しょく》と黒の斑《まだら》なのが印象的だった。背丈《せたけ》は弘人よりやや高いくらいか。一見して威風《いふう》のただよう

「そなた、橘屋の茶席にいたな」

「はい」

「出口がわからなくて迷った。席まで案内してくれ」

「は？」

美男子が真顔で間抜けなことを言うので美咲は思わず訊《き》きかえしてしまった。

「出口を見失ってしまったから一緒に茶席まで連れていってくれ、と言っている」

「わ、わかりました」

本気か芝居なのかわからないが、招待されている以上は店と取り引きのある上客であるから無下《むげ》にもできない。美咲はこころよく頷《うなず》いてみせた。

「こちらです」

導くように男のすこし前をしずしずと歩いていると、

「わしの名はマルという」

男は訊きもしないのに名乗ってきた。

「マル……。変わった名前ね」

「偽名《ぎめい》だ」

「あ、そうなの」

わざわざ偽名を名乗るなんてますます風変わりな男である。その名で商売をしているのだろうか。見た目は少年というにはやや大人びているが挙動はどこか子供っぽい。

「ここは迷路のような屋敷だな。ちょっと厠によったら、どこも似たような造りでどの角を曲がったのかじきに迷った」

「え、ええ。そうね」

(たしかに広いお屋敷ではあるけど迷うほどでもないような……)

方向音痴《おんち》なのだろうかと美咲は心のなかで首をかしげる。

「そなたの着ているのは『山紫《さんし》水明《すいめい》』だな」

マルが美咲の振袖に目をうつして言う。

「ええ、よくわかったわね。たしかそんな銘柄《めいがら》だったと思う」

「よく似合っている。どこの天女《てんにょ》かと思ったぞ」

「天女……、あ、ありがとう。これ、大事な人からの贈り物なの」

大げさな褒《ほ》め言葉に少々照れつつも、美咲は顔をほころばせて言った。すると、

「大事な人とは、もしや男か？」

マルが無遠慮にたずねてくる。

「え、ええと、まあそうなんだけど」

「ふん。ならばそんなものは焼いてしまえ」

「えっ？」

いきなりとんでもない科白《せりふ》が返ってきたので美咲は耳を疑った。

マルはとくに悪びれもせず、ごく涼しい顔をして美咲のとなりを歩いている。さらに前方に出入り口を見つけると、

「ああ、出口はあそこか。案外近かったのだな。そなたのおかげで助かった、礼を言う」

尊大な調子で言って踵《きびす》を返すと、驚きのあまり立ちすくむ美咲を置き去りにしてさっさと庭の茶席に戻ってしまった。

「なんなの、あの人……」

妖怪的な特徴はとくになにも見られない。橘屋となんの取り引きをしているのかも訊けなかったが、なかなかに印象の強い男だった。

2

美咲《みさき》がマルにやや遅れて茶席に戻ると、高子《たかこ》が立ちあがって美咲を点前席《てまえせき》にさし招いた。

「美咲さん、お待ちしていたのよ。さあ、まずはあなたが点《た》てる番です。お支度《したく》なさい」

優雅な口調ではあるが表情は厳しく急《せ》かしている。

「はい」

美咲はあわてて頷《うなず》いて、点前席に向かう。

ゆるやかな会釈《えしゃく》を交《か》わして席に着いた美咲は、ついにこの時がきたのだわ、と身を引きしめた。

ここで粗相《そそう》をしたら、また高子に幻滅《げんめつ》されて弘人《ひろと》との結婚が遠のく。そうなればほんとうに天狗《てんぐ》の郷《さと》行きになってしまうかもしれないから、おのずと緊張が高まる。

弘人はいつもの落ち着いた顔で亭主席《ていしゅせき》からこちらを見守っている。さきほどの男も末席にいるが、余裕のない美咲にはもはや景色の一部だった。

（あれ……？）

みなの視線が集まるなか点前席に座した彼女は、ふと手もとの茶入れがこれまでと異なるものであることに気づいた。

花茶《はなちゃ》の茶入れというと〈御所《ごしょ》〉で使っていたものは棗《なつめ》がふつうに五つ並んでいたのだが、いま目の前にあるのは、漆塗《うるしぬ》りの四角い入れ物である。蓋《ふた》をすこしずらしてみると、中にあるのは花茶のよりも色のくすんだ五種の香りのきつい茶粉《ちゃふん》だった。

「これは……」

美咲が戸惑《とまど》っていると、

「花茶の茶粉がご用意できなかったそうなので、急きょ香茶《こうちゃ》に変更することになりましたの」

静花《しずか》がどことなく意地の悪い笑みを浮かべて教えてくれた。

「え？　紅茶？」

「ええ。五色《ごしき》の香粉《こうふん》を混ぜて点てるあの香茶ですのよ、美咲さん。よろしくて？」

高子が鋭い声で念を押すように告げる。

（香粉を混ぜる……？）

花茶がその彩《いろど》りを楽しむ茶なら、香茶は香りを楽しむ茶。いかにすぐれた配分で薫《かお》り高い茶を点てるかが腕の見せどころというわけだ。

（そ、そんな話聞いてないよ……）

見たことも飲んだこともない茶をどうやって点てろというのか。美咲は途方にくれて弘人のほうを見る。

こういうときはいつも、自分でなんとかしろと冷たい顔をされることが多いが、今回に限っては首謀者《しゅぼうしゃ》が母親なだけに、弘人もしてやられたといった複雑な面持《おもも》ちで高子のほうを見据《みす》えている。

しかし、ここで投げ出したら高子の思うツボである。基本的な作法はおなじ、粉が花から香にかわっただけのことだ。

（やるしかないわ）

美咲は腹を括《くく》って、袱紗《ふくさ》をさばきはじめた。

綺蓉《きよう》から教わったとおりに折りたたんだそれで、慎重《しんちょう》に茶器を拭《ふ》き清める。そのあと、茶碗を温め、茶先《ちやせん》の先を湿らせていた湯を建水《けんすい》に捨てて茶巾《ちゃきん》で内側を拭く。

しかし茶杓《ちゃしゃく》を手に、いざ赤茶色だの黄土《おうど》色《いろ》だのと似かよった香粉を前にすると、やはりどれをどの割合で混ぜ合わせればよいのか皆目《かいもく》見当がつかなかった。

(せめて粉自体の香りがわかればいいのに……)

美咲は香りを確かめてみようと、なんとなく茶入れのほうに鼻をよせてみたが、すでに虚空《こくう》で混ざり合ってしまっていてさっぱり区別がつかない。

(そうだ。花茶の分量を応用してみよう)

美咲は美しい花茶を点てるつもりで、香茶を点てることを思いついた。

おなじ配分で選んだ香粉を茶碗に入れると、運を天にまかせてえいっと一気に湯を注ぎこむ。

一同の目線が手もとに集まるなか、美咲は茶筅でシャカシャカと茶を攪拌《かくはん》しはじめた。

やがて、ころあいを告げる細かな泡《あわ》が立つ。

(悪くはないわ)

点て終えた茶の香りを嗅《か》いだ美咲は心の中でつぶやく。意外にも、薄荷《はっか》と鈴蘭《すずらん》を合わせたような涼やかでよい香りがたちのぼる。

美咲が半東役《はんとうやく》に合図をすると、点てた茶はすみやかに客のもとに運ばれた。

美咲の点前を頂戴《ちょうだい》するのは、たいへんな美食家であるという化《ば》け猫《ねこ》。顔は猫だが首から下は人型で、現《うつ》し世《よ》仕立てと思《おぼ》しきスーツを着こんでいる中年の妖怪である。中途半端《ちゅうとはんぱ》なこの変化《へんげ》姿は彼のこだわりなのだという。

化け猫は毛深くて爪《つめ》の長い手で茶碗をまわしてから、一気にそれを飲み干した。

「ふむ、なかなか個性的な香りであるな。野性味溢《あふ》れる斬新《ざんしん》な香味《こうみ》だがいまひとつ、本来あるべきまろみに欠けるというか、なんというか……」

品評会でもないのに化け猫はごちゃごちゃと感想を並べ立てた。こっちの茶会とはこういうものなのか。

「まあ、化け猫様。お気を遣って、そのように婉曲的《えんきょくてき》な言いまわしをなさらずともよいのですよ。はっきりと仰《おっしゃ》ってくださいな。臭《くさ》い茶だと」

高子が扇子《せんす》で口もとを覆《おお》って大げさに言った。さらに、

「彼女はヒトの血が流れていますの。きっと嗅覚《きゅうかく》も人間並みにしか備わってないのですわ。許してさしあげて」

美咲を蔑《さげす》むように見据えて言い募《つの》る。

「ほほう、そうでしたか。そのような出自《しゅつじ》とは露《つゆ》知らず、失礼を致《いた》した」

化け猫はでっぷりと突き出た腹をさすりながら申し訳なさそうに詫《わ》びる。

美咲はなにも言い返すことはできなかった。付け焼き刃ではなく、日ごろから茶道をたしなんでいればこんな赤恥をかくこともなかったのだ。

「お茶の一杯もまともに点てられないようでは、先が思いやられるわね。美咲さん」

くすり、と高慢な笑みを浮かべて高子が言う。

大勢の妖怪たちの前で侮辱《ぶじょく》されて、美咲の頬《ほお》に血がのぼる。

それにしても、今日は取り引き客をもてなす側なのに、これでは相手方に店の恥をさらすようなものではないか。

(そうまでしてあたしを貶《おとし》めたいの、高子様は……)

美咲は唇《くちびる》を嚙みしめ、じっと茶釜《ちゃがま》を見て耐えた。そこへ、

「でも、こいつ、料理の腕はいいんですよ」

弘人のよく通る声が、いやな沈黙を破った。

美咲ははっと顔を上げた。

「おや、ご子息はこちらのお嬢さんの手料理をすでに召し上がられたと?」

化け猫が興味深げに問う。

「ええ。何度も食ってます。意外とうまいのを出しますよ。もちろん妖怪料理で」

弘人がすました顔で言葉を継ぐ。

「ほほう、それはそれはうらやましいことですな。わしも一度ご相伴《しょうばん》にあずかりたい」

美咲はねばっこい感じの目を向けてくる化け猫に、内心ヒヤヒヤとしながら愛想笑《あいそわら》いを返す。

(なんでここでわざわざ高子様の神経を逆なでするようなことを言うかな、ヒロは……)

案《あん》の定《じょう》、高子は不愉快《ふゆかい》そうに眉《まゆ》をひそめ、

「そうでしたの、美咲さん。でしたら、ぜひ今度、〈御所〉の厨《くりや》でその腕前を披露《ひろう》していただきたいものですわね」

冷ややかな笑みを浮かべて言う。

「さあ、もうお引き取りになって。お口直しに静花さんにおいしい香茶を点てていただきますから」

高子は、弘人の助け舟に嫉妬《しっと》を隠せないでいるとなりの静花の背を押しながら、これ以上の会話は無用とばかりに美咲に退座を促《うなが》す。

美咲は静花と入れ替わってすごすごともとの席に戻った。なんとなく、弘人と目を合わすこともできないまま、おとなしく腰を落ち着ける。

静花の点前は完璧《かんぺき》だった。無駄な動きのない、流れるように美しい所作《しょさ》にみなが釘付《くぎづ》けになる。

化け猫は出された茶を飲み干してからしばし鼻をうごめかせていたが、

「うむ。これぞ香茶道の極《きわ》み」

うっとりと髭《ひげ》をたるませてつぶやいた。

美咲の中に寒々としたものが広がった。ようやくつきはじめていた自信を無慈悲《むじひ》にも打ち砕かれた悲しみ。やっぱり自分はこの場にふさわしくない存在なのかと思い知らされる。

「文字通りの茶番だな」

弘人が鼻白んだようすで小さく言う。

（なんだか心が折れそう……）

美咲は息苦しさをおぼえて、かばうように胸を押さえた。


茶会がおひらきになると、高子は引き続き化け猫と商談があるということで、美咲にはひとことお愛想ていどにねぎらいの言葉をかけたきり料亭の中へ入っていってしまった。

弘人も招待客のひとりと世間話をはじめてしまったので、美咲は香茶の香りでも追究してみようと点前席に行って、もう一度茶粉を覗《のぞ》いてみることにした。

「おつかれさまだったわね、美咲さん」

茶入れの蓋《ふた》を開けて粉の香りをかいでいると、静花がすました感じで声をかけてきた。

「あいかわらず弘人様を酉《とり》ノ分店《ぶんてん》に住まわせていらっしゃるのね。弘人様のお心をつかむために、先に手料理で彼の胃袋を制しておくなんて、あなた、なかなかやるじゃないの」

静花は嫉妬《しっと》も顕《あらわ》に言う。

この前、事件を一緒に片づけたときはわりと打ち解けた感じだったのに、今日はどういうわけか、一変して刺々《とげとげ》しい態度である。

「料理のことは、橘屋《たちばなや》の面目《めんもく》をたもつために言ってくれただけなのよ、きっと……」

美咲は肩をすくめる。半妖怪の店員がまずい茶を点てていては店の印象も悪くなる。

「なによ、あんなふうにかばってもらったくせに弘人様の善意をないがしろにするようなことを言って。たとえウソでもお愛想でも褒《ほ》めてもらえるなら光栄だわ。素直に喜びなさいよ」

眉《まゆ》を吊《つ》りあげて静花は言う。

「あの、それより静花さん、香茶の点て方を教えてくれない？　あたし、勉強不足で……」

美咲がおずおずと申し出ると、

「まあ、弘人様に舌鼓《したつづみ》をうたせているその腕なら、お茶の一杯や二杯、なんとでもなるのではなくって？」

静花は大仰《おおぎょう》に言ってみせつつも、美咲のとなりに座った。

「香茶は花茶と粉の配分はほぼおなじですのよ。あとは混ぜ方に気をつけるだけ。花茶や現《うつ》し世《よ》のお茶のように調子にのって混ぜていては香りがそこなわれてしまうの」

そう言って、てきぱきと見本をみせる。

「なるほど……」

「香茶が点てられないのに弘人様の気に入るお料理が作れるなんておかしいわ。腕がいいというよりも、たまたまおいしい偶然が重なっているだけなのね。そうに違いないわっ」

静花は美咲の料理の腕など決して認めないといった風情《ふぜい》で、その後も横でああだこうだと弘人と美咲の仲をやっかむようなことを言いながら香茶の指南《しなん》をしていたが、ふと榊《さかき》の姿を見つけると手を止めて立ちあがった。

「おそいじゃないの、榊」

「さきほどからこちらでお待ちしておりましたが」

「……んもうっ、口答えはいいから、さっさとお家《うち》に帰るわよ」

静花はぷんぷんと怒って、ひとり門のほうへ歩きだす。

「なんだか嫌われちゃったみたい……」

美咲が残された榊にぼそりとつぶやくと、彼は細い目をさらに細めて微笑《ほほえ》んだ。

「そうでもありませんよ。本当に嫌いな方には話しかけませんから。優しいところもあるんです。妹様方が眠れない夜には楽しい夢を見せてあげたり……」

静花には妹がいるのか。以前から面倒見《めんどうみ》が良さそうなところがあるとは思っていた。

「うん。根は悪い人じゃないって、ちゃんと知ってるの」

美咲も榊につられて微笑んだ。

「それでは、また」

榊が美咲に軽く頭をさげてゆっくりと静花のあとを追う。

美咲はその姿を見送りながら深々とため息をついた。

静花は、弘人の気持ちにはもう薄々気づいているのだろう。それが面白くなくて、自分にはあんなふうにつんけんした態度をとるのだ。

けれど美咲は静花がうらやましかった。高子に器量を認められ、十分すぎるほど気に入られている。自分にはまだとうてい手の届かない誉《ほま》れ。もしかしたら一生得られないかもしれないそれを、あの子はすでに持っているのだから——。

3

それから、丸一日が過ぎた。

「いつまで落ちこんでるんだ」

母に代わって夕食の仕度《したく》をはじめた美咲《みさき》のところに、弘人《ひろと》がやってきて声をかけた。

自分でも、材料を切る手が止まっていたことにはたと気づく。

「おまえ、ゆうべから、ずっと浮かない顔をしてるな」

弘人が美咲の顔を覗《のぞ》きこんで言う。

「だってきのう、また失敗して、高子《たかこ》様に嫌われちゃったわ」

「そうかな。おれはそうは思わないけど。取り乱すこともなく、ちゃんと茶を点《た》てられた。食道楽の化《ば》け猫《ねこ》は、本気でおまえの手料理に興味をもったらしいぞ」

「そうなの？　でも、そんなのべつに……」

美咲は覇気《はき》のない声で返す。

どうしてなのだろう。自分でもここまで失敗をひきずることはめずらしいと思った。弘人だって努力は認めてくれた。いつもなら、日付が変われればちゃんと気持ちの切り替えができるのに。

美咲の心は依然《いぜん》として晴れない。

「茶会のことはもう忘れろ。おまえなりによくやったんだから」

「うん、そうなんだけど……」

高子の存在はあまりにも大きい。弘人を想《おも》えば想うほど、高子に拒絶されている事実が悲しみに似た苦悩となってのしかかってくる。

茶会から戻る間も、美咲は自分と高子の関係がこの先どうなってしまうのか、弘人との結婚はやはり認めてもらえないのか、そればかり考えていた。

そしてその不安は、いやがおうにも天狗《てんぐ》の求婚に繋《つな》がってゆく。

それまでぼんやりとした不安だったものが、弘人と自分の間に横たわる問題をひさびさにつきつけられたことで現実味をおびてきた。高子が自分を認めてくれない。このままでは、天狗の嫁にされてしまう。板ばさみにされるような、いいようのない焦《あせ》りが胸を支配している。

「今日は裏町で飲みだから夕食はいらないんだ」

弘人が言った。それを告げるために台所にきたのだと美咲は気づく。

「だれとなの。また酒天童子《しゅてんどうじ》？」

もうこういう質問をする権利くらいはあるような気がして美咲はたずねた。

「いや、違うけど」

今夜は美咲まで連れていこうというようすはない。帰りはまちがいなく夜半過ぎになるので平日に誘われても困るのだが。

「女のひと……？」

「女もいるにはいるが……」

「ふたりきりではないのね？」

「あまり詮索《せんさく》されるのは好きじゃないな」

遠まわしに、そういう質問はしてくれるなという顔をして弘人は言う。

「行くなとは言わないんだから、せめて相手がだれなのかくらい教えてくれたっていいじゃない」

「おまえが知らない相手のことなんていちいち話してもしょうがないだろう」

「だからこそ知りたいのよ。……きっと話せないような間柄《あいだがら》の女なんだわ」

僻《ひが》みもあらわに美咲は言った。

なぜこんなにからんでいやな女になっているのだろう。美咲は自分で自分がわからなかった。

「どうしてそんな疑《まゆね》ってばかりなんだ」

弘人はかすかに眉根をよせる。

「ヒロがなんにも言ってくれないから、どんどん不安になるのよ！　ほかにだれかいるんじゃないかとか、そのうち心変わりするんじゃないかとか。そもそもほんとうにあたしのことを好きなのかどうかだって……！」

どうしようもない苛立《いらだ》ちをもてあましながら、美咲は一気にそれだけ吐き出した。

「おれの気持ちならもうしっかり伝えた。わからないのか？」

いまの美咲の態度そのものに納得がいかないようすで弘人は訊《き》き返す。

「わからない！　ヒロは酔っ払って気が向いたときにしか愛情を示してくれないじゃない！」

美咲は思わず激昂《げっこう》してわななく。胸を圧《お》しているものが、些細《ささい》な不満とすり替わって口から溢《あふ》れ出てくる。

「朝から晩まで抱きしめてキスをして甘い言葉を囁《ささや》けっていうのか」

つられて弘人も声を荒らげる。

「そうじゃないけど、あたしにだって、そうされたいときがあるのよ」

論点がずれはじめている。自分たちはこんな話をしていたのではない。

「だったら自分からしろ！」

「できないもん、そんなこと！」

「じゃあ口に出して、してほしいと言えばいいだろう」

「それができたらこんな喧嘩《けんか》にはなっていないのよ！」

なにを言い争っているのだろう。冷静に考えたらどうでもいいことなのに。それでも心がささくれだっていて、屁理屈《へりくつ》を言う口は止められなかった。

「なにをそんなに思いつめてイライラしてるんだよ」

理由がほかにあるのだろうと責めるような目をして弘人は問う。

「知らない。それもわからない。……もう、いろいろと悩むのに疲れたわ！」

美咲は自暴自棄《じぼうじき》になって言った。実際、この苛立ちがどうしてここまで増幅しているのかははっきりわからなかったし、わかりたくもなかった。

弘人がため息をついた。さすがに顔つきが変わっていた。

「恋だの愛だのに振り回されてダメになるような弱い女は嫌いだ。向上心のないやつも、おれには必要ない」

感情をできるだけ抑えた冷静な声で弘人は言う。

向上心がない――それは高子に対する態度のことを言っているのか。

「そんなこと言われたら、よけいにやる気が失せるじゃない……」

美咲は弘人の突きつけてきた厳しい言葉にひるんだ。

弘人はふだんはあまり自分の感情を表に出さない。けれど、さすがに今日は違った。

卑屈《ひくつ》になっている自分に愛想《あいそ》をつかせたのにちがいない。そのことが、急に悲しくなった。

「もういい。あきらめたければ、あきらめろ。自分の好きなように生きていけよ」

美咲にはあまり見せたことのない冷ややかな顔をして弘人は言う。

「い……生きていくわよ！」

それがどのような選択なのか自分でもわからないまま、美咲はムキになってつい言い返していた。その反応を見て、ほんの一瞬、弘人が心外《しんがい》だというふうに目を瞠《みは》る。

繕《つくろ》いようのない重い沈黙が落ちた。

ややあってから、

「おまえがいま投げ出そうとしているもののなかに、店の将来もあるのか」

弘人がまっすぐ射《い》るように美咲の目を見て、硬い声で問う。

「いまは……わからない」

美咲は弘人と目を合わせないまま、傷ついた自分をかばうように掠《かす》れた声で返す。

もし天狗がほんとうに現れたら、もう跡など継いでいられないではないかという捨《す》て鉢《ばち》な気持ちがあった。一方で、なにか取り返しのつかなくなるようなことを言ったような自覚もあった。

「……そうか。わかった。婿入《むこい》りの話はなかったことにしよう。おれは、おまえの人生を縛《しば》るつもりはないよ」

弘人も美咲から目をそむけて淡々と言った。

美咲は我《われ》に返ったように顔を上げた。

(婿入り、なかったことに……?)

あたしはなにを言わせてしまったのだろう。美咲の頭の中が一気に真っ白になる。

弘人は無言のまま踵《きびす》を返した。そのまま、部屋を出ていってしまう。

「ヒロ……」

待って、とは言えなかった。弘人の背中はすでに自分を拒《こば》んでいた。

さっきまで気持ちの通じ合っている恋人同士だったのに。すこしの会話で、思いもよらない方向に運命が傾いてしまった。

なにかが崩れてゆく。心の中で音を立てて。それは破局を呼びこむものだ。

美咲は膝《ひざ》の力を失って、その場にへたりこんだ。

弘人は苦悶《くもん》に面《おもて》をゆがめ、現《うつ》し世《よ》と隠《かく》り世《よ》を隔《へだ》てている店の襖《ふすま》を荒々しく閉めた。

なぜあんなにも悲痛な眼《め》をして自分を見るのだ。

(おれが彼女をあんなふうにさせたのか?)

美咲が自分を必要としているのはわかっている。そういう彼女を懐《ふところ》に抱くことで確かめられるものもたくさんある。だから時には、ついこちらから手を伸ばしてしまうこともあった。

だが、深すぎる情は身を滅ぼす。

兄と白菊《しらぎく》のような関係にならぬよう、常に意識してきた。自分がいなくとも、一人で歩いてゆけるように。ときには厳しく突き放したりもして、うまく加減をしてきたつもりだった。出会ってからこれまで、酔っ払って理性の薄れた時間は差し引いたとしても、ほどほどのよい距離を保てていると、ずっと思っていたのに。

なのに、どうしてあんな差し迫った顔で愛情を示せなどと訴えるのだ。

弘人は、目的地までの抜け道を案内してくれる渡し屋に入った。

「戌《いぬ》ノ区界《くかい》の飲み屋『高麗《こうらい》』まで」

弘人は裏町之地図を広げて待っていた店主に告げる。

「へい。お調べいたしやす」

店主が頷《うなず》く。

今夜は美咲に話したとおり、単に誘われたから酒を飲みに行くだけで、ほかの目的はなにもない。やけに勘繰《かんぐ》って絡《から》んできたが、茶会のことをひきずって心が疲弊《ひへい》し、疑心暗鬼《ぎしんあんき》になっていたのか。

「三軒どなりの袋物屋から抜けられますな。その先はこちらに書いときました。若？」

店主がうわのそらでいる弘人の顔を覗きこむ。

「ああ、どうも」

弘人は書き付けをうけとって渡し屋を出た。それから美咲のことを考えながら、ゆっくりと裏町を歩きはじめる。

あんなふうに惰弱《だじゃく》な精神でいては、高子を納得させることはできない。茶会だって、美咲にしてはうまく乗り切ったというだけで、正直褒《ほ》められたものではなかった。

けれど、己《おのれ》のふがいなさを思い知り、そのことに失望して傷ついているのは彼女もおなじだ。

弘人はふと、そのあたりまえのことに気づく。

いま彼女に必要なのは、非をあげつらって突きはなすことではなく、優しいなぐさめの言葉と抱擁《ほうよう》ではなかったのか。

袋物屋の戸をくぐって戌ノ区界に抜けてから、弘人は深いため息をついた。

(感情的になりすぎた……)

美咲が思わぬ弱音を吐くので焦《あせ》った。

高子に冷たくあしらわれて、店の跡を継ぐ決心がゆらいだのだろう。あるいは天狗の求婚が影響しているせいか。天狗の件はなんとかしてやるつもりではいるが、本人にとっては常に脅《おど》されているような恐怖がつきまとっているのかもしれない。

彼女が隠り世に抵抗を感じてすべてを投げ出したら、自分たちの関係はそこで終わる。

そうならないように彼女を支えてやることが、自分のためにも必要だったはずだ。

(先のことはわからないなどと言いやがって……)

迷ってほしくなんかない。おれとおなじ世界を選べ、と強く思う。

そして、ずっとそばで無邪気《むじゃき》に笑っていてほしいと思う。

あの清らかさを損《そこ》なわぬままで――。

弘人は、胸の内にわきかえる不安から逃れるように、足早に次の店へと向かった。

4

翌日。

美咲《みさき》はほとんど一睡もできぬまま朝を迎え、重い体をひきずって登校した。

弘人《ひろと》は帰らなかった。朝帰りはめずらしいことではないのだが、美咲が学校に行く時刻になっても戻らないのははじめてだった。ほんとうに、愛想《あいそ》をつかして出ていってしまったのかもしれない。

（あのお茶会がなければこんなことにはならなかったのかな……）

自分はこのまま、店を継ぐこともかなわず、天狗《てんぐ》の嫁になるのだろうか。

高子《たかこ》とのことだけでなく、天狗の件が自分になにか悪い影響を及ぼしているのかもしれない。

授業中も弘人のことが頭からはなれず、ぼんやりと窓の外を眺めていたときのことだった。

ついに事件は起きた。

（なにっ？）

ふいに視界に黒いものが現れて、美咲はぎょっと目を見開いた。

ガラスのすぐ向こうで、背後に黒々とした翼をはためかせた山伏装束《やまぶししょうぞく》の若者が浮かんでいる。

ここは二階だ。

「ひゃあ！」

美咲は思わず声を上げて席を立った。

クラスのみんながぎょっとして美咲のほうをふり返る。

「どうしたのですか、今野《こんの》さん？」

数学の女性教師がけげんそうにたずねる。

「あ、あの、窓の外に人が……っ」

美咲は窓ガラスと教師を交互に見ながら言う。そして、それが人ではなく天狗、つまり妖怪であったことをようやく頭のどこかで認識する。

教師およびクラスメイトたちは一様にぽかんとしている。彼らの目には外にいる天狗の姿は映っていないようだ。

「窓の外になにか？」

「え、……ええと、なんでもありません。見まちがいでした」

まさか妖怪でしたとは言えず、美咲は言葉を濁《にご》しておずおずと座った。

あちこちでクスクスと小さな笑い声が聞こえ、となりの席の子が大丈夫かと心配そうに声をかけてくる。

美咲は苦笑してごまかし、もう一度こっそりと窓のほうを見やった。

天狗は翼をゆるく動かし、風に髪をなびかせてまだそこにいた。

普通の人間に対してはしっかりと姿を消しているところをみると、みだりに姿を見せるべからずという現《うつ》し世《よ》での掟《おきて》は心得ているようだ。

（天狗ということは、まさかこの男が手紙の差出人？）

思い当たって、美咲はぎくりとした。もう迎えに来たのか。手紙には梅雨《つゆ》が明けてからと書いてあったのに。

どきどきしながら、あらためて天狗の顔を見直した美咲は、さらにあっと息を呑《の》んだ。

（この顔……）

見覚えがある。たしか、この前の茶会の席にいた。迷ったと言って、厠《かわや》から出てきた美咲に話しかけてきたあの男だ。偽名《ぎめい》だがマルとかいったか。

（マルは天狗だったのね）

マルは美咲と目を合わせるなり、待っていたかのように、にやりと含みのある笑みを浮かべた。なにか言いたげな表情だ。しかし、美咲が警戒して眉《まゆ》をひそめると、マルは翼を大きくはためかせ、風に乗ってまたたく間《ま》に美咲の視界から姿を消してしまった。

美咲はその日、一日中落ち着かなかった。

あの天狗はなにをしに来たのだろう。単なる様子見なのか、それとも自分を迎えに来たのだろうか。

学校を終えて電車から降りた美咲は、ひとりで家に向かって歩いていた。

(家に帰ったら、マルが待っていたりして……)

頭はやはりマルのことでいっぱいだった。もし彼が手紙の差出人なら、いったいどうして自分なんかに目をつけて嫁に貰《もら》おうなどと思い立ったのか。こっちの気持ちはどうなるのか。訊《き》きたいことは山のようにある。できればこれを機に、嫁入りなどしっかりと断ってしまいたい。

「美咲ーっ」

ふと駅のほうから、劫《めぐる》が名を呼びながら追いかけてきた。

「あ、劫……」

同じ電車に乗っていたようだ。気づかなかった。

「今日はバイト入ってるの?」

美咲が立ち止まって劫を待つ。と、それに答えようとしていた劫が、彼女の後方に目を奪われてはっと表情を変えた。

「なんだ、こいつ……」

美咲も異様な気配を感じて振り返った。

（まさか……）

胸がいやな感じで高鳴った。

いつのまに現れたのか、果たしてそこには一枚歯の高下駄《たかげた》で地に降りたマルが腕組みして立っていた。白装束にくすんだ麴塵《きくじん》の篠懸《すずかけ》をまとい、四つの房《ふさ》のついた梵天袈裟《ぼんてんげさ》をかけている。これぞ天狗というういでたちだが、学校で会ったとき背後に見られた翼はなかった。黒と茶褐色《ちゃかっしょく》の斑《まだら》な髪だけが、吹きつける風になびいている。

「おお、やっと帰ってきたか。待ったぞ、美咲」

マルは腕組みをといて近づいてきた。

いきなり馴れ馴れしく名を呼ぶので美咲は驚いた。茶会のときにおぼえられたのか。もし手紙の差出人ならば、名などとっくに知っているだろうが。

「あなた……、裏町の茶会で会ったわ。名前を、マルとかいったわよね」

「そうだ。おぼえていたか」

マルは嬉《うれ》しそうに言った。

「こんなところに白昼堂々現れて、いったいなんの用なの？」

ここは駅から家までの近道で、民家と民家の間の比較的狭い道路だが、橘屋のある通りに出れば人もけっこう通る。

「わしはそなたを妻に迎えるべく、天狗道《てんぐどう》より参った」

「はァ？　妻？」

劫が横で耳を疑う。

「やっぱり、あの変な手紙をよこしたのはあんたなのね。字は子供みたいに汚いし、内容もひどかったわ。あたしの私生活をそのまま書き綴《つづ》って、ばかみたいに褒《ほ》めちぎって」

美咲は風に舞う髪を押さえながら、きっとマルを睨《にら》みすえた。

「わしは羽根族《はねぞく》のなかでは比較的若い。人間にしてみたらまだまだ子供だ」

マルは堂々と返した。

「そ、そうなの？　ちなみに何歳なのよ」

「一三〇歳だ」

「ぶっ。十分大人じゃないの」

美咲は思わず吹き出した。

「あの手紙はわしの心の証《あかし》だぞ。そなたを想《おも》ってまことの気持ちをしたためたまで」

マルは肩をいからせて返した。つややかな斑の髪が、肩先でふわふわと風になびく。

「なあ、妻ってなんのこと？　さっきからなに言ってんの、こいつ」

劫がとなりでけげんそうに眉をひそめる。

「以前、劫がおばあちゃん宛《あて》の手紙をあたしに持ってきてくれたでしょ。あの中には求婚の羽根が入っていて、この天狗がその差出人みたいなのよ」

こっちは相手のことを何一つ知らないというのに、一方的に求婚などしてきて身勝手もはなはだしい。おまけに断る権利も与えられないなんて。

「そこの黄色頭の貴様は何者だ？」

マルは劫を見やって居丈高《いたけだか》にたずねる。

「うちの店員よ」

美咲が毅然《きぜん》と返す。

「非常勤ですが」

劫が謙虚《けんきょ》に言いそえる。

「ふん。妖狐《ようこ》か。同種のとりまきに用はない、とっとと失せろ」

マルは劫の実体をあっさりと見抜いて不遜《ふそん》な調子で言った。茶の席で会ったときにも感じたが、どこか驕《おご》ったところのある人物である。これが天狗という種族の性《さが》なのだろうか。

「あんた、どうしてもう現れたのよ。手紙には、梅雨明けにくると書いてあったはずよ」

美咲は非難するように言った。

「気が変わった。はやくそなたをそばに置いて暮らしたくなったのだ。……さあ、参るぞ、美咲。つぎの星月夜《ほしづきよ》までに婚礼の準備をせねばならぬ」

ばさりと脅《おど》すように翼を広げたマルが、地をひと蹴《け》りしたかと思うと、次の瞬間には至近距離に迫っていた。

美咲ははっと息を呑《の》んだ。

間近で天狗の実体を見たのはこれがはじめてだ。風をはらんで左右に広がる大きな翼は、そばで見るとかなりの威圧《いあつ》感があった。整った顔も、いまは野性味を帯びて剽悍《ひょうかん》な印象をうける。

しかしその威容《いよう》に気をとられているうちに彼の大きな手がぬっと伸びて、美咲の二の腕をつかんだ。

ぐいと強い力でひきよせられ、そのまま彼の懐《ふところ》に引きずりこまれる。

「待て！」

劫がすばやく阻止《そし》しようと手を伸ばしたがかなわなかった。彼は飛び立ち、美咲の足は劫の指先をかすめて、またたく間《ま》に地からはなれてしまう。

「きゃあっ」

本能的な恐怖から、美咲は思わずマルの体にしがみついた。足を動かしても空を蹴るばかりで、落ちたらただではすまない高さである。

「やめて、なにするの！　降ろしてよ！」

美咲が足をばたつかせて抗《あらが》うと、マルは翼をはためかせて一気に高度をあげた。

地表がみるみる遠ざかってゆく。

「美咲ー！　おい、おまえ、降りてこい！　美咲をはなせ！」

地上から劫が険《けわ》しい顔で怒声を張りあげるが、羽根のない者にはどうすることもできない。

「家の者に告げておけ。美咲は予告どおり嫁に貰ってゆくと」

マルは劫を見おろしながら悠然《ゆうぜん》と告げると、さらに高度をあげて南に向かって飛翔《ひしょう》する。

美咲の叫び声は、あっという間《ま》に小さくなった。


それからしばらく、マルは飛行速度を落とすことなく上空を飛び続けた。

「ちょっと、マル！　どこへ行くつもりなの、いいかげん下に降ろしなさいよ！」

美咲はマルに必死にしがみつきながらも、依然《いぜん》として声を荒らげてわめいていた。

「マルではない。それは偽名だ。わしの本名は陀羅尼坊《だらにぼう》という」

それまで美咲の小言を聞き流していたマルが、とうとつに返事をした。

「陀羅尼坊……」

坊の字で終わるこの手の特徴的な名は、天狗の血統を表すものでもあり、多くが郷《さと》の頭領が名乗るものである。

「あんた、お頭《かしら》だったの。どうりで偉そうにしているわけね」

初対面のときから、上に立つもの特有の、人をあごで使い慣れている感じがしていた。

「そなたは富士《ふじ》の陀羅尼坊の妻となり、わしとともに郷に君臨《くんりん》するのだ。嬉《うれ》しいだろう」

マル――陀羅尼坊はにっと笑って美咲の顔を覗《のぞ》きこむ。

「いやよ、あんたの郷になんか行かないわ。嫁にもならない！　いますぐに降ろして！」

「言うことを聞かぬのならここで手をはなしてやるぞ。そなたの体は断崖《だんがい》に打ちつけられて臓《ぞう》腑《ふ》と脳漿《のうしょう》は派手に飛び散り、岩肌に雨に濡《ぬ》れた芍薬《しゃくやく》のごとく美しい血肉の花を咲かせるであろう」

「そ……それ、本気で言ってるの？」

「本気だ」

陀羅尼坊は涼しい顔をして平然とのたまう。たしかにいつのまにか山地の上空にさしかかっており、眼下には峻険《しゅんけん》な岩山が連なっている。

天狗の求婚を拒絶した娘の話を思い出した美咲は、背筋にひやりと冷たいものを感じて口をつぐんだ。

足の下に広がる地上の景色はどんどん流れる。

羽根のうごきが、胸筋《きょうきん》の躍動《やくどう》をとおしてこっちに伝わってくる。梵天袈裟の房がさっきから頰《ほお》をくすぐるのでこそばゆい。

密着しているせいで、この天狗が鍛《きた》えぬかれた体をしているのがわかる。しなやかで力強い感じは弘人の体躯《たく》と似ているかもしれない。美咲の力ではとうていかなわない相手だ。

（ヒロ……）

いまごろどうしているだろう。

（あたしのことなんて、もうどうでもよくなってしまったかもしれない）

喧嘩《けんか》別れしたことが悔《く》やまれた。もしもうこれきり会えなかったら。ほんとうに天狗の嫁にされてしまったら――。弘人のことを考えるとせつなく胸が痛んだ。

（ちがう！　これっきりなんかじゃない。あたしはヒロを婿《むこ》にもらって店を継ぐのよ。地上に降りたらこんな男からはさっさと逃れてみせるわ）

美咲はそうして自分に言い聞かせて気を持ち直す。

しばらく飛行を続けていると急に気流が乱れて、これまで以上に激しい風の抵抗が美咲をおそった。

「きゃ……」

美咲はきつく目をつむった。

陀羅尼坊は速度を落とすことなく、流れに逆らうように強く羽根をしならせて羽ばたく。

ビョオビョオと耳をなぶる風の音。

すさまじい風圧に、息さえままならない。

「苦しいか？」

眉根を絞《しぼ》って耐えている美咲に気づいた陀羅尼坊が、片手で手巾《しゅきん》のような白い布を腰もとから抜きとって、美咲の鼻と口を覆《おお》うように乱暴に巻きつけた。

おかげで呼吸はすこし楽になった。

気を遣《つか》ってくれたのだろうか。こっちの話をまるで聞かない身勝手で傲慢《ごうまん》な男だが、まったくの悪人というわけでもなさそうなので美咲は複雑な心地になった。

「そなた、近くで見るとますます可愛《かわい》いな。富士山麓《ふじさんろく》を走る女鹿《めじか》のような目をしている。笑え。学校で人間の女どもと話しているときのように」

陀羅尼坊は飛行を続けながら、美咲の顔をまじまじと覗きこんで言う。

「この状況で笑えるわけないでしょ」

美咲は布ごしに答える。乱気流からは逃れたが、互いの髪は依然として強い風に煽《あお》られて逆巻いている。

「怖いのか？」

「あたりまえじゃない。あんたも怖いし空を飛ぶのも怖いわ」

「空を飛ぶのははじめてなのか？」

「飛行機以外で飛ぶのははじめてよ」

「羽根がないのはさぞ不便だろうな」

「そうね。体ひとつで自由に空を飛ぶなんて、人間の永遠の夢ね」

「夢がかなってよかったではないか。喜べ」

陀羅尼坊は嬉しそうに言って、美咲を抱く腕に力をこめた。気に入った玩具《おもちゃ》を独《ひと》り占《じ》めする子供のようだった。

美咲は気に入らなくて身をよじるが、あまり暴れても、ここでほんとうにふり落とされてはかなわないので仕方なく耐えた。

5

その頃、大学の講義を終えた弘人《ひろと》は、ひとりで駅に向かって歩いていた。

天狗《てんぐ》の内黒羽根《うちくろばね》を雨女《あめおんな》などの情報屋のもとにでも持ちこんで、そろそろ手紙の差出人の身もとでも割り出さねばと考えていた。

と、前方に見覚えのある顔のスーツ姿の中年男が、タクシーを待たせて立っているのに気づく。

弘人はいやな予感がして眉《まゆ》をひそめた。あれは高子《たかこ》の秘書をしている男である。

「おかえりなさいませ、坊ちゃん」

男は弘人に声をかけてきた。

「専務がお待ちです。すこし、時間をいただけませんか」

「…………」

専務――橘《たちばな》屋《や》の専務イコール母・高子である。断る理由を探すのも面倒《めんどう》で、弘人は無言のまま不愛想《ぶあいそう》に頷《うなず》いた。高子は上京してきているらしい。

昼下がり、都心を一望できるガラス張りのラウンジは空《す》いていた。

商談とおぼしきスーツ姿のビジネスマンと、小声で話に興《きょう》じる小ぎれいな婦人たちが二組ほどしかいない。静かなピアノ曲が流れていて、上品で落ちついた空気に満ちている。

高子は窓際《まどぎわ》の席で弘人を待っていた。地味なスーツ姿で、仕事を抜け出してきたのだと一目でわかる。

「来てくれると思っていたわ」

弘人が現れると、高子は微笑《ほほえ》んで言った。

弘人の飲み物の注文をとった給仕が去ってから、弘人は仏頂面《ぶっちょうづら》のまま切り出した。

「待ち伏せまでして、なんの用ですか」

「たまには近況を聞かせてちょうだい。黙って家を出ていって、便りのひとつもよこさないで。今野家《こんのけ》の居心地はどうなの？　おいしい手料理を食べさせてもらっているようだけど」

「べつに」

目も合わせないまま、弘人は返す。

「このまえは驚いたわ。あなたがあんなふうに彼女をかばうので、ご子息は酉《とり》ノ分店《ぶんてん》に婿入《むこい》りが決まったのかとみなに勘繰《かんぐ》られたのですよ」

「そうでしたか」

弘人はあからさまな嫌味もそっけなく聞き流す。

高子と話していると、自分が反抗期のバカな息子でしかなくなるのがいやだった。美咲《みさき》とうまくいっていない時だから、よけいに苛立《いらだ》ちが増す。

弘人は言った。

「化《ば》け猫《ねこ》との契約《けいやく》は成立していないそうですね。断りを入れたのは、むこうではなくこっちだとか」

美咲のことが商談に影響していないか気になって、あの夜、兄の鴇人《ときひと》に探りをいれたのだが、意外にもそんな事態があきらかになったのだ。

「はじめから美咲のまずい茶を飲ませて退散させるつもりで彼を招いたわけですか」

美咲には恥をかかせつつ、化け猫にも不興顔《ふきようがお》をさせる、あの茶会の目的はふたつあった。

「あら、ご存じだったの。あの化け猫は卸《おろ》しを手広くやりすぎている。こっちの商品も不当に流しているという噂《うわさ》もあって、あまりまっとうな商人とは思えないわ。あなたがよけいな発言をしてくれたおかげで、あのあとも美咲さんの話題をダシにしてしつこく食いさがってきて参ったのよ」

さも迷惑そうに高子は話す。

「ああいう場で、美咲の生まれを笑いものにするようなことはしないでもらいたいですね」

弘人は険のある声で言う。

「また彼女をかばうのですか。……不思議なお嬢さんね。とりたてて美人というわけでもないのに表情がくるくると変わって、たしかに惹《ひ》きつけられるわ。鴇人さんが言っていたとおり、彼女の体に流れる特殊な血が私たちを誘うのかしらね？」

高子はくすりと笑むが、目にはむしろそのことを蔑《さげす》むような色をたたえている。

「今後、彼女とどうなるおつもりなの？」

高子はコーヒーを口にしてから問う。

「一緒になりますよ。おれは今野家に婿入りします」

弘人は母を見返し、当然のように答える。今朝、別れを暗示するような言葉を突きつけてきたばかりなのに、なぜか口をついて出てきたのはそんな科白《せりふ》だった。

「わたしがこれほどまでに強く反対しているのに？」

「おれ自身の将来の問題ですから」

「あなたの将来はわたしの問題でもあるのです」

弘人は窓ガラスの向こうの、霞《かすみ》がかかったようなビルの群れに目をうつす。授業参観には秘書をよこしていた女がよく言うと思う。

「あなたのためを思って言っているのです。ひいては彼女の幸せのために」

「彼女のため？　だったらなぜあんなくだらない茶番を立てて目の前で苛《いじ》め倒す必要があるんですか」

弘人は母を鋭く睨《にら》みつけて言う。

「彼女の覚悟を見てみたかったからよ」

「あなたは白菊《しらぎく》のときもおなじことを言った。側女《そばめ》としての自覚はあったのかと白菊を責めて、兄さんを亡くして傷ついていた彼女を追いつめた」

白菊とは綺蓉《きよう》の姉で、死んだ三番目の兄の側女をしていた〈御所《ごしょ》〉仕《づか》えの女官である。三年前に、兄を追って自害した。

「ええ。そしてあの娘は自分の弱さに負けてしまったわね」

高子は弘人から目をそらして淡々と言う。

自《みずか》らの血に濡《ぬ》れた白菊の姿が、一瞬弘人の脳裏に瞬《また》いた。たしかにあの刃《やいば》を突きたてたのは、つらい現実から逃れたかった彼女の弱さだったのかもしれない。

給仕が弘人にコーヒーをもってくるが、飲む気がおこらない。

高子は続ける。

「深みにはまる前に忠告してさしあげているのよ。惚《ほ》れた腫《は》れたで一緒になったあと、やはり稼業《かぎょう》は継げないだの妖怪とは生きられないだのと向こうから離縁を申し出てこられたらどうするのです。白菊をなくして抜《ぬ》け殻《がら》のようになったあなたを、また見ろというの?」

高子はひたと弘人に目をあてる。完全に、美咲が自分のもとを去ることを前提にものを言っている。

「残念ながらもう深みにはまりました。おかげでつまらないことで口論になって喧嘩《けんか》別れをしてきた」

　弘人はふたたびガラスの向こうに目をそらして投げやりに返した。親子で息子の恋の進退について話し合う、ある意味、平和なことだ。

「まあ。我《われ》を忘れて喧嘩をするほどの情熱があるというわけなのね。けっこうなこと」

　高子は不快もあらわに笑った。

　弘人はため息を吐き出した。実際、あれは痴話《ちわ》喧嘩などではなかった。一度宣言したはずの重大な言葉を、勢いで覆《くつがえ》してしまった。ずっと大事にすると約束したのに。

　思い出して、重く冷たいものが鉛《なまり》のように胸に広がる。

「あなたがあの娘に夢中になっているのは茶会での態度を見て十分にわかったわ。いいえ、〈御所〉を出ていったときからね。でもどうしても、彼女が半妖怪であるがゆえに拭《ぬぐ》えない懸《け》念《ねん》があるのです。わたしは彼女がどっちの世界で生きてゆくのか、生きてゆけるのかをきっちりとこの目で見定めたいのよ。あなたの今後のために」

「おれの今後は彼女次第ですよ。母さんがそういう偏見《へんけん》をもっていることも含めて、彼女がどういう答えを出すのか――。おれの意思が母さんの意見によって変わるようなことはありません」

　弘人はきっぱりと言いきった。

そうだ。こっちの心はもう決まっている。選ぶのは、彼女だ。

「あんな娘にのぼせて、ずいぶんと愚《おろ》かな息子になってしまったこと」

高子はあきれたような、嘆《なげ》くような顔をして言う。

なんとでも言え、と弘人は心の中で毒づく。

すると高子が、

「忘れないでちょうだい。あなたのことを愛しているのはわたしもおなじなのよ」

負け惜しみのように言うので弘人は胸をつかれた。

母のそういう素直な発言は、もう何年も聞いたことがなかった。

弘人が戸惑《とまど》いをおぼえて返す言葉を見つけられないでいると、

「仕事があるので失礼するわ」

高子は伝票をもって席を立った。

去り際《ぎわ》に見た彼女の面《おもて》には、しかし、もうなんの色も浮かんではいなかった。


ホテルを出た弘人は、雑踏にまぎれてあてもなく街を歩いた。

クラクションの音や人の喧騒《けんそう》がうるさく耳に響く。

白菊のことを指摘されて気が滅入《めい》っていた。

彼女を亡くしたときの、あの置き去りにされたような喪失感《そうしつかん》は、いまも胸のどこかに残っていてときどき自分をおびやかす。

おまえを縛《しば》りたくないから、などと恰好《かっこう》をつけて美咲をつきはなしたが、どうやら彼女のためなどではなかった。高子と話して、それに気づかされた。

自分はただ、臆病《おくびょう》な自分自身を守っているだけなのだ。自分が美咲を捨てたのだと思えるように予防線を張って。万が一彼女が自分のもとを去っても、あのときのように傷つかなくてすむように――。

いつしか足は、今野家のほうに向かっていた。

（感情にまかせて、あんなこと言うべきではなかった……）

美咲は自分を許すだろうか。冷たい男だと愛想をつかしているかもしれない。恋だの愛だのの感情に振り回されているのは、自分もおなじだ。

いまになって、弘人は美咲と距離をおいたことに、はっきりとした不安をおぼえていた。

美咲が最終的にどんな道を選ぶのか――。彼女を失わずにいられる自信がない。

ところが、素直に頭をさげようと家に戻ると、

「弘人殿！」

ハツが血相《けっそう》を変えて玄関に飛び出てきた。

「どうしたんです……？」

弘人がただならぬようすに気圧《けお》されつつ問うと、

「美咲が、天狗《てんぐ》に連れ去られた」

うしろから現れた劫《めぐる》が矢継ぎ早に告げた。

「天狗だと？」

弘人は表情をこわばらせた。

「いつ、どこで？」

「すこし前に、駅の近くで……そいつが嫁に貰《もら》いにきたとかなんとか言っていきなり現れて、名乗りもしないで強引に攫《さら》っていった」

「おまえはなにをしていたんだ？　阻止《そし》できなかったのか」

「無理だ。むこうには羽根《はね》があるんだぞ。ほんとうに、あっという間《ま》のできごとだった」

「たしかに高みに飛ばれれば、わしらにはなす術《すべ》はない」

ハツが言う。

身軽で素早いはずの劫が間に合わなかったとなると、相当に俊敏《しゅんびん》な手合いである。

「で、その天狗の人相は？」

弘人が問う。

「褐色《かっしょく》の長髪でツラは悪くないけど、威張《いば》りくさった感じのやつだったな。羽根は黒かった」

「手紙の差出人にまちがいありませんな」

ハツが弘人を仰《あお》いで言う。

「ええ。……しかし、こんなにはやく動きだすとは思わなかった」

手紙には、梅雨明《つゆあ》け頃としたためてあった。まだ入梅《にゅうばい》前だというのに、どういう心境の変化か。もっとはやく手を打つべきだった。

「天狗の身もとを洗い出してきます。内黒羽根をください」

弘人はハツに申し出た。手がかりはそれしかない。

第三章　異界の果てで

1

美咲《みさき》は陀羅尼坊《だらにぼう》に抱かれたまま、延々と広がる原生林の上空を飛んでいた。

陀羅尼坊は橘《たちばな》屋《や》ではなく錠前《じょうまえ》の壊れた鳥居《とりい》をくぐって裏町に入った。橘屋も仕事がいい加減だなと嗤《わら》われたが、美咲にはそこがどの区界なのかわからなかった。

それからどれくらい経《た》っただろう。時間の感覚もおかしくなるころ、ふと大気がゆらいで視界一面が霧深《きりぶか》い樹海《じゅかい》に変わった。

「ここは……」

なにかそれまでとは異なる空気を肌で感じた。ときおり見えていた集落もさっぱりなくなり、ただ緑だけがどこまでも地表に広がっている。

「わかるか。ここはもう天狗道《てんぐどう》だ」

陀羅尼坊が言った。

「天狗道……」

羽根族《はねぞく》の棲み処《すか》。強い恨《うら》みを抱《かか》えた人間は、ここに堕《お》ちて魔縁《まえん》に化生《けしよう》するのだといわれている。


「あ」

いい加減おなじ体勢でしがみついているのにも疲れをおぼえはじめていた美咲だったが、霧の向こうに谷が広がっているのに気づいて眼下《がんか》に目を凝《こ》らした。

陀羅尼坊はこの谷に向かって飛んでいるようだった。

谷間には清らかに澄んだ川が流れ、水底に幾筋もの長い反物《たんもの》がゆれている。

「川の中に布が……」

美咲は色とりどりの布に目をうばわれた。

「わしの郷《さと》は染め物業をしている。あれは染めた反物を水洗いしているのだ。現《うつ》し世《よ》でも、友禅流《ゆうぜんなが》しとして知られる眺めだぞ」

陀羅尼坊は言った。

川の両岸には集落が広がっていた。ひとつ、おそろしく高さのある楼閣《ろうかく》が郷の中央にそびえていた。尖塔《せんとう》は雲に隠れるほどだ。ほかの家屋《かおく》はどれも木造に胴瓦《どうがわら》の屋根で、山伏装束《やまぶししようぞく》に身を包んだ者たちがちらほらと見える。羽根のある者、ない者どちらもいる。

目抜き通りとおぼしき大路《おおじ》沿いは呉服屋《ごふくや》、酒屋、小間物屋《こまものや》、食い物屋等さまざまな店が軒《のき》を連《つら》ね、隠《かく》り世《よ》の下町の眺めとなんら変わりはない。

天狗道と聞いて、もっとおどろおどろしい地獄絵にあるような場所を想像していたのだが、深い緑に囲まれた美しく神秘的な郷である。

陀羅尼坊は、高楼《こうろう》のそばにある館《やかた》めがけて急降下していった。

重厚な築地塀《ついじべい》にぐるりと囲まれた敷地内に、銅瓦葺《ぶ》きに入母屋造《いりもやづく》りの館が西と東の二手に分かれて建っていた。

陀羅尼坊は門扉《もんぴ》をくぐらずに、だだっ広い庭に直接降り立った。

陀羅尼坊とも郷の者たちとも色の異なる篠懸《すずかけ》を着た、手下とおぼしき天狗が三人ほど東側の館から出てきてふたりを出迎えた。羽根があり、屈強《くっきょう》そうな顔立ちの筋骨逞《きんこつたくま》しい男どもである。

「お帰りなさいませ、頭領《とうりょう》」

手下は一様に陀羅尼坊の前で片膝《かたひざ》を折り、深々と頭をさげた。

「遠距離飛行でくたびれた。この女もやすませてやれ」

「御意《ぎょい》」

手下は頷《うなず》き、下働きの女をふたりばかり呼びつけた。こちらも背に羽根の生えた女たちだった。美咲は女天狗《めてんぐ》を生まれてはじめて見た。小袖《こそで》に袴姿《はかますがた》で、髪をひとつに結っている。ふたりともきつめの顔立ちだが、立ち居振る舞いにどこか余裕があって優雅そうに見える。

「こちらにおいで」

女天狗のひとりが美咲の手をひいた。

「あなたが若君の見初《みそ》めた妖狐《ようこ》の娘か。まああというところだわね」

「代理を行かせればよかったのに、頭領みずから迎えに出ると言い張るからどんな美しい女かと気を揉《も》んだけれど、郷に転がっている女子《おなご》とたいして変わらないわね」

もうひとりの女天狗も言った。やんわりとした口調なのだが言っている内容には遠慮がない。

「悪かったわね。こっちだって好きでこんな山奥にきたわけじゃないのよ！」

美咲は憤然《ふんぜん》と言い返した。長いこと風に当たっていたせいか、喋《しゃべ》ると喉《のど》がひりひりした。

すると館の中に向かいかけていた陀羅尼坊が、苦虫を噛《か》み潰《つぶ》したような顔をしてひきかえしてきた。

「着いて早々に我が郷を侮辱《ぶじょく》するとはなんとも無礼な女子だな。おい、桐生《きりゅう》。こやつの口を葛《くず》の葉で閉じてしまえ」

そばに控えていた手下に鋭く命じる。

美咲はひっと息を呑《の》んだ。

桐生と呼ばれた手下はただちに美咲の身柄《みがら》を捕らえ、そばにひかえていた女天狗に命じて葛の葉を持ってこさせた。現し世のものとはすこし色が異なり、薄荷《はっか》のようなすうっと鼻にぬける妙な匂《にお》いもする。

「はなしてよ！」

「おとなしくなされよ」

ひとりの女天狗が美咲の体を羽交《はが》い締《じ》めにし、もうひとりの女天狗がおもむろに美咲の口にその葉を押し当てて晒《さらし》でぐるぐる巻きにした。ほとんど猿轡《さるぐつわ》である。

美咲はもごもごと口を動かしてやめてくれと抗議したが、言葉にはならなかった。息をするたびに、喉がすうすうとした。

「しばしこのままでご辛抱《しんぼう》を」

桐生がすげなく言って、形ばかりに頭をさげた。

「むだな抵抗をするな。痛い目に遭《あ》うだけだぞ。それからこの郷では泣くことが許されぬ。赤子をのぞいて泣いたものはみな罰せられるきまりだ。みだりに人前で涙を流すな」

美咲のようすを見守っていた陀羅尼坊が厳しい面持《おもも》ちで言った。

どうしてそんな掟《おきて》がしかれているの、美咲は解《げ》せぬままそう問うが、言葉にはならない。

と、そのとき。

「頭領！」

陀羅尼坊の手下とおぼしきふたりの天狗が、手をうしろに縛《しば》られた薄汚い身なりの男を引っ立ててやってきた。

「八彦《やつひこ》めを連れてまいりました。処分のほうはいかがなさいますか」

手下は男をその場に正座させて伺《うかが》いをたてる。

「おお、八彦か。よいところにきた。忙しいのでおまえのことを忘れていたわ」

陀羅尼坊が男――八彦と目線を合わせるようにしゃがみこんで話しかけた。顔は笑っているが、目はまったく笑っていない。

八彦と呼ばれた男は無表情のまま、陀羅尼坊から逃れるように目をそらす。

「待たせたな。沙汰《さた》を下してやるぞ」

陀羅尼坊はすっと立ちあがると、手下どもに向かって声高《こわだか》に命じた。

「明日、日がのぼり次第、鉈《なた》でもってこの者の五指《ごし》を切り落とせ！」

美咲は耳を疑った。

(指を切り落とす？)

なぜいきなりそんな残忍な命令を下すのだ。

「なんだ、美咲？」

陀羅尼坊が葛の葉を噛まされたまま唸《うな》り声をあげた美咲を見やる。

それから彼女がなにか言いたげなのを察して、女天狗に葉を外してやるよう目で合図を送る。

声を取り戻した美咲は、すぐさま噛みつくように言った。

「どうしていきなりそんなむごいこと！　この人がなにをしたっていうの！」

「この者は悪人です。染料に不純物を入れたり門外不出の巻き見本帳を――」

桐生がぺらぺらと話しはじめると、

「桐生、いらぬことを喋るな！」

陀羅尼坊がぴしゃりと遮《さえぎ》った。桐生は「はっ」と短く頷いて、ただちに口をつぐんで引きさがる。

「わしの言いつけを守らなかったからだ。わしの意思に逆らうものはみな、罰を被《こうむ》る。郷の決まりだ」

陀羅尼坊はいかめしい顔で美咲に告げる。

それから、ふたたび手下に向かって鋭く言い放った。

「やれ。明日の朝一番だ。八彦はそれまでせいぜい恐怖に苦しめ！」

美咲は非難するように陀羅尼坊を睨《にら》みつけた。

「指を切り落とすなんて、ひどいわ……」

八彦がなにをしたのかは知らないが、これまでの横暴な振る舞いから陀羅尼坊のほうに反感を抱かざるをえなかった。

「切り落とされるのが首や羽根でないだけまだましだ。そなたも減らず口ばかりたたいていると、おなじ目に遭うぞ。それと破魔の力も出すな。そなたは爪《つめ》を使うのだったか。橘屋の獣《けもの》どもがもつ力は妖気を喰《く》らうので厄介《やっかい》だ。命が惜しければおとなしく言うことを聞け」

陀羅尼坊は美咲を傲然《ごうぜん》と見据《みす》えて脅《おど》すと、身をひるがえして奥の間へ入っていった。

その夜。

好きに過ごせとあてがわれた、だだっ広い座敷《ざしき》のすみで、美咲は小さくなってふさぎこんでいた。

ここへ連れてこられたときに着ていた学校の制服は風情《ふぜい》がないと脱がされ、小袖を着せつけられている。金銀の箔《はく》をほどこされた麗《うるわ》しいものだったが、ちっとも嬉《うれ》しくなどない。

葛の葉はすこし前に取り外されており、次の間には妖怪料理の膳《ぜん》も支度されていたが、すこしも手をつけない状態のままで冷めていた。

「頭領がお呼びよ」

小朱《こあか》という名の女天狗が美咲のもとにやってきて告げた。ほかの女天狗とおなじように小袖袴を着て髪を後ろで一つにまとめている地味な顔立ちの女だ。声が鈴の音《ね》のように美しいのが印象的で、美咲よりすこし年上に見えるが実年齢は不詳である。

美咲は億劫《おっくう》そうに顔をあげた。

「あなたは生まれも育ちも現し世の半妖怪なんだそうね。妖怪料理は口に合わないの？」

小朱はまったく手つかずのままの膳を見て不思議そうに問う。

「食欲がないのよ。それに、汁物《しるもの》に釘《くぎ》が入っていたわ」

美咲は小朱のほうを見ないままぼそぼそと返した。

膳に並ぶのは苦手な妖怪料理ばかりだったが、それでも精をつけねばと思って箸《はし》をとった。ところが一番口に合いそうなよい香りのする汁物を食べようとしたら、具の陰に小さな複数の釘が沈んでいるではないか。いかに頑強な妖怪でも、釘は食べないだろう。なんの嫌がらせかと美咲は一気に血の気がひいた。

「姐《ねえ》様たちがいたずらしているのかもしれない。困ったものね」

着替えのときも、ひそひそとなにか後ろでささやき声が聞こえた。異種族のうえに半妖怪だの、子が生まれても羽根がなかったらどうするだのと。

物言いはやわらかなのに、内容は辛辣《しんらつ》で耳障《みみざわ》りだった。ここの女たちは、どうやら自分を歓迎していない。

（陀羅尼坊だって、あたしなんかを妻にしたっていいことなんかなんにもないはずなのに……）

手紙には一目ぼれだと書いてあったが、一族の頭領ともあろうものが、そんな理由だけで異種族の女をすぐに妻に決めてよいのか。跡取りはどうなるのだ。

「こういうときは、釘の入っていないものを探して食しなされ。あなた、ただでさえ細いのに、食事をとらねば骨と皮になってしまうわよ。せっかく高級な食材でもてなしてあげているというのにもったいない」

小朱はしたたかな意見を返す。なんとなく、この女が釘を入れた犯人ではなさそうだなと美咲は思った。

「さあ、頭領のところへ参りましょう」

　小朱は立ち上がって言った。

「なんの用なのよ。あたしはあの男には会いたくないわ。平気で指を切り落とすような残酷な天狗なのよ」

「あれは酌量《しゃくりょう》の余地などない罪人なのよ」

「罪人？」

　美咲は聞きとがめる。

「そう。もう半年も前から商売敵《がたき》の間者《かんじゃ》として立ちまわっていた。絵模様の図案の載《の》っている秘蔵の巻き見本帳を外部に持ち出したり、染料の中に不純物を混ぜたり。本来ならば片羽根を切り落とされて廃人《はいじん》になるところを、頭領は情けをかけて指だけにとどめたのよ。あのようなものを野放しにしておいたら郷は染元《そめもと》としての信用を失っていずれ滅びる。頭領の判断は決してまちがっていないわ」

　小朱は小声で淡々と話した。

（郷を守るための判断……）

　美咲はなにも言い返せなくなった。あんなことを言い渡すのを目の当《ま》たり《あ》にすると抵抗を感じてしまうけれど、あれは裁《さば》きであり、男にとっても郷にとっても必要な措置なのか。

「あの男はいまどうしているの？」

「牢《ろう》にいる。明日の朝には刑が執行されて、この郷からは追放でしょうね」

「追放？　もうここにはいられないの？」

「罪を犯《おか》した者は追い出されることになっているのよ」

「そんなことをしたって、恨《うら》みしか生まない。きっとまたよそで悪さをするわ」

「頭領の命令は絶対だし、郷の決まりだから仕方がないのよ。……さあ、あの方のところへ行きましょう」

小朱は話を切りあげて、美咲の手を引いた。

「いやよ。会いたくないわ」

美咲はその手をふり払った。

「頭領じきじきの指名なのになにを言っているの。あなた、変わっているね。ふつうの女ならふたつ返事でとんでいくのに。さ、行くわよ」

小朱は美咲の腕をひっつかんで無理やり連れていこうとする。

「指名って、なんの指名なのよ」

美咲はいやな予感がした。

天狗はもともとほかの妖怪たちと変わらず夜行性であるが、この郷の天狗たちは、染め物業のために昼間に活動する習慣があるのだと聞いた。ということは陀羅尼坊もいまは眠る時間帯のはず。

（まさか伽《とぎ》の相手をしろというんじゃないでしょうね）

ひやりと背筋に悪寒《おかん》が走る。

引きずられるようにして連れていかれた東の館の奥の間は、案《あん》の定《じょう》、陀羅尼坊の寝間《ねま》であった。

「いい？　まちがっても泣いたりしてはいけないわよ」

小朱が小声で耳打ちする。

「どうして？」

そういえば、この郷では泣いてはいけない掟があるのだと言っていた。

「頭領は涙がおきらいなのよ。涙の話題もご法度《はっと》よ。さあ、行きなされ」

小朱はそう言って、美咲の背中をどんと褥《しとね》のほうへ押した。

「きたか、美咲」

寝間には薄紗《はくさ》がおりており、金糸《きんし》銀糸《ぎんし》で縁取《ふちど》りのされた雅《みやび》やかな夜具に、白練《しろねり》の夜着を纏《まと》った陀羅尼坊がくつろいで寝そべっていた。

「こんな夜中に呼びつけて、なんの用なの？」

美咲は身を硬くしたまま、嫌悪《けんお》感もあらわに陀羅尼坊を見おろす。

「そなたの顔が見たくなったのだ。すこし話もしたい」

陀羅尼坊は横になったまま、実に素直に答える。

(あれ……?)

色めいた感じはまったくなく、子供が読み聞かせでもせがむような顔で言うので美咲は毒気をぬかれた。体は大人なのに、いとけない雰囲気がそこはかとなく漂う。それは出会ってからこれまで、彼に何度かおぼえている違和感だった。

「昼間の男は罪人だったそうね」

せっかく陀羅尼坊と話すのならと思い、美咲は気をとりなおして切りだした。褥から畳《たたみ》半分ほどの距離をおいて膝を折る。

「それがどうした」

「誤解していたわ。あたしはてっきり、言うことを聞かなかった報復のためだけにあんたがあんなひどいことを言い渡したのかと」

「誤解ではない。そなたへの戒《いまし》めもかねて、わしが意のままに下した命《めい》だ」

あんなふうに残酷な発言を聞かされたら、こっちはかえって反抗したくなる。それでも逆らう気力を削《そ》がれ、これまでおとなしくしていたのだから効果はあったのかもしれないが。

美咲は言った。

「あの八彦とかいう男の指を切るのはだめよ。それに郷から追放するのもやめたほうがいいわ」

　小朱から話を聞いたとき、直感的にそう思った。

「なに？」

　陀羅尼坊は眉《まゆ》をあげた。

「監視をつけてでもいいから郷で暮らさせてやればいいのよ。指なんて切って無理やり追い出せば、腹いせに裏町で悪事をはたらくに決まっているわ。ここにだって復讐《ふくしゅう》しにくるかもしれない」

「なぜそなたが、あやつの肩をもつのだ。あやつのなにがわかる？」

　陀羅尼坊は真意をはかるようにじっと美咲を見る。

「いままでいろんな妖怪を捕まえてきたけど、悪さをするやつはみんななにか不満を抱えているわ。力で押さえつけたって敵愾心《てきがいしん》を煽《あお》るだけ。よけいに悪い道に走ろうとする。あたし、お店の仕事をしながら、そういう妖怪をたくさん見てきたのよ。だから、ゆっくり話を聞いて不満をとりのぞいてやりながら、心を入れ替えるまでこの郷で面倒をみてやるべきだわ」

　それがあの男のためになるだろうし、裏町の治安を守ることにも繋《つな》がるのだ。これは橘屋としての自分の意見だ。

　美咲が真剣な目で訴えると、陀羅尼坊は顎《あご》を撫《な》でながら思案《しあん》するふうに黙りこんだ。

　しばらくしてから、

「ふむ。よいだろう。では、しばらくは牢で反省させて様子を見てみるか。そのうち監視をつけて染料の材料採集でもやらせてみてもいい」

どちらかというと気まぐれに頷いた。男の行く末よりも、それを考慮してわざわざ提言してくる美咲に興味があるといった顔つきだった。

「あんた、はじめてあたしの言うことを聞いてくれたわ」

美咲は彼の柔軟な対応にほっとした。ようやくまともに会話が成り立った心地がした。

「そうだったか？　それよりさっさとわしの横に臥《ふ》せろ。なにをそんなところでぐずぐずしているのだ」

「は？」

美咲は否定の意をこめて訊《き》き返す。

「添い寝をしろと言っている」

やはり、そうくるのか。

「い、いやよ、添い寝なんて。子供じゃあるまいし、ひとりで寝てちょうだい！」

「ひとりはいやだ。怖い夢を見る。となりで頭を撫でて、手を繋いで眠ってくれる女子《おなご》が必要なのだ」

「冗談じゃないわ！」

手を繋ぐだけですむわけがない。美咲は思わず腰を浮かせて逃げ出した。

が、そばにひかえていた小朱がきりりと眉を吊《つ》りあげて、しかとその二の腕をとらえる。

「あなた、こんなところで逃げ出していたら女がすたるわよ」

「すたってけっこうよ」

「頭領の言いつけに逆らったらどうなるか見たでしょう」

小声だが、叱《しか》りつけるように語気を強めて言う。

「いやなものはいやなのよ」

「さきほどから強情な娘ね。つべこべいわずに腹をくくられよ」

小朱は強引に美咲の帯を解いて小袖を脱がし、薄桃色の襦袢《じゅばん》姿になった美咲の背中を強い力で思いきり褥のほうに押し出した。

「きゃ！」

美咲はつんのめって夜具の上に倒れこむ。

その腕をすかさず陀羅尼坊がとって、美咲の体を懐《ふところ》に引きずりこんだ。

陀羅尼坊にはすでにこの郷へくるときの長時間の飛行で抱かれた経験があるせいか、不思議にもそれほどの抵抗を感じないのだった。が、お互い肌着同然の恰好《かっこう》だからやはり気は焦《あせ》る。

「やめてよ」

美咲は陀羅尼坊の胸を力いっぱい突きはなして抵抗した。

「なぜいやがる。郷の女はこの褥に呼ばれればみな喜ぶぞ」

「あたしは郷の女じゃないわ」

こんなふうに夜ごとちがう女を褥に呼んで淫蕩《いんとう》にふけっているのか。とんでもない頭領である。

「となりで眠るだけだというのに、そなたはそんな簡単な頼みも聞いてくれぬのか」

「ただ眠るだけならいいわよ。でもあんたの要求はそれだけじゃないでしょ」

「それだけだ。婚礼もすませていない女との同衾《どうきん》でほかになにができるというのだ」

陀羅尼坊は真顔で大真面目《おおまじめ》に言ってのける。

「えっ？」

美咲は思わぬ古風な考えに面食らった。

「い……、意外と真面目なのね」

「ふん。さかりのついた雄猫《おすねこ》と一緒にするな。女に溺《おぼ》れて身を滅ぼした愚《おろ》かな者をたくさん知っている。いたずらに精を放つと寿命《じゅみょう》も短くなる」

陀羅尼坊はもっともらしく言う。

「じゃあ、これまで添い寝してくれた女たちとの間にはなんにもないの？」

「ないわ。郷での暮らしぶりについて話すだけだ。そういうそなたはどうなのだ。やけに知った口をきいているが……。ただの耳年増なのか、それとも経験があるのか？」

「く、口づけくらいならしたことあるわ」

美咲は目を泳がせて、少々頬《ほお》を赤らめつつもバカ正直に答える。だれと、とまでは言わないが。

すると、

「この、ふしだらな女め。川へ行って身を清めてこい！」

陀羅尼坊は声を荒らげた。

「みんなふつうにしていることよ。愛をたしかめ合う自然な行為よ」

「そういう話を平気でするな。色事に興味はない」

陀羅尼坊は仏頂面《ぶっちょうづら》で言って美咲から顔をそむけた。それきりむっつりと黙りこんで背を向けてしまう。

「ねえ、どうしたの？」

美咲はなんとなく気になって声をかけてみた。

「べ、べつに……、どうもしてはおらぬ。わしはもう寝る」

陀羅尼坊は目を合わせぬまま、不貞腐《ふてくさ》れたように返す。

そっと顔を覗《のぞ》きこむと、彼のすべらかな頬はほのかに染まっている。

（もしかして照れているのかしら）

なんというか、調子がくるう。さんざんぐいぐいと攻めてきておいて、こんなところで及び腰になるなんて。

（要するに奥手なんだわ）

恋愛に関しては照れも遠慮もまったくない弘人《ひろと》しか知らないので、陀羅尼坊の反応はある意味新鮮だった。自尊心の強いところは似ているのに、人間とおなじで妖怪にもいろいろなタイプがいるものだ。

「肝心《かんじん》なところで押しが足りない男なのね。意気地なし」

ちくりと針を刺すように美咲は言う。いままでさんざんこっちを脅した意趣返《いしゅがえ》しである。

「黙れっ。そなたのように色気のない女は苦手なだけだ。この男女め」

陀羅尼坊は半身を起こし、美咲のほうを向いて怒鳴りつけた。

「失礼ね！　ちゃんと出るとこ出てるし、子供だって産めるんだからっ」

自分から色気をアピールしてどうするのだと思いながらも、美咲は胸を張ってみせた。この男には、不思議とそういうことができてしまうのだった。

「そんな貧相な胸にはだれも欲情せんわ。牛の乳でも飲んで育てなおせ」

陀羅尼坊はろくに美咲の胸など見もせずに言う。

「よけいなお世話よ。これでいいと言ってくれる人をみつけるからいいもの」

美咲は自分の胸もとを両手でかばうように押さえて言い返す。

弘人は胸の大きさなど問題にせずに、ちゃんと自分のことを好きだと言ってくれた。

（いまは、どう思われているかわからないけど……）

美咲は弘人と喧嘩《けんか》別れしたことを思い出して、急に憂鬱《ゆううつ》になった。もう、彼のもとには帰れない。もし家に帰れたとしても、きっとうけ入れてもらえない。婿《むこ》入り宣言を取りさげられてしまったのだから。

心の帰る場所がどこにもないような気がして、胸が苦しくなった。

「おい、そなたはいまだれのことを考えているのだ?」

感づいたらしい陀羅尼坊が鋭くたずねてくる。

「ヒロのことよ」

「あの鵺《ぬえ》か。そなたは放っておくといつもあやつのことばかり考えているな」

「だって、好きなんだもの」

「それにここへ来てからただの一度もわしに笑顔を見せていない」

「仕方ないじゃない。笑えないんだもの」

言ってしまってから、押し黙った陀羅尼坊の凜々《りり》しい面《おもて》に、一瞬どこか傷ついたような、うちひしがれた色が浮かんだのを見て美咲は怯《ひる》んだ。

(調子にのって、ほんとうのことを言いすぎたかしら)

美咲が良心の呵責《かしゃく》をおぼえて居心地悪そうに身をよじると、陀羅尼坊はとつぜん仁王立《におうだ》ちになって火がついたように怒りだした。

「わしの想像と違う。こんな愛想《あいそ》のないはねっかえりと眠るのは不快だ。今宵《こよい》はちがう女を呼べ！」

陀羅尼坊は、怒声におののく美咲の背をつきとばして褥の外にたたき出した。

「もうよい。そなたは西の館に帰れ！」

さらに、つんのめって倒れた美咲の肩先を足蹴《あしげ》にする。

「痛っ。なんて乱暴な男なの。最低！」

美咲は蹴られたひょうしに畳でぶつけたおでこをさすりながら、悲痛な声をあげた。かりにも求婚した相手に暴力をふるうなんて、とんでもない男だ。純情だと思って一瞬でも気を許しかけた自分が情けない。

次の間に控えていた小朱がとんできて美咲の体を支えた。

それから、陀羅尼坊の目の届かぬところまでそそくさと導く。

「あなた、頭領を怒らせてどうするの。もっと口を慎《つつし》みなされ。夫婦になるのだから、もうちっと仲よくせねば」

小朱はおろおろと困り果てた顔で言う。

「無理よ。仲良くなんてしたくない。あんな乱暴者の奥さんになるなんて死んでもいやよ」

美咲はほとんど泣きべそをかきながら毒づいた。打ちつけたおでこがじんじんと痛む。

「これ、泣いてはだめよ」

小朱が小声できつくいさめる。

どうしてこんなことになってしまったのだろう。これはなにかの罰なの？

美咲は眦《めじり》に滲《にじ》む涙を袂《たもと》でごしごしと拭いながら、強く心に決めた。

こんなところに居るわけにはいかない。なんとしてでも逃げ出さねば。

星月夜《ほしづきよ》になって、ほんとうにあの天狗の嫁にされてしまう前に――。

2

翌日。

ろくに朝餉《あさげ》も食べないまま、美咲《みさき》は陀羅尼坊《だらにぼう》や小朱《こあか》の目を盗んで、こっそり館《やかた》を抜け出した。

ゆうべ寝間《ねま》に敷かれた夜具の中には、またいやがらせの針《はり》がばらまかれていた。もはやあそこに留《とど》まるのは不快を通りこして危険だ。

あたりには、まだうっすらと霧《きり》が漂っている。

まわりには切り立った断崖《だんがい》が屏風《びょうぶ》のようにそびえており、その向こうは幽玄《ゆうげん》な原生林が果てしなく続いている。羽根《はね》のないものは、ここから出ることはできない――美咲は酒天童子《しゅてんどうじ》の言っていたことをあらためて実感した。

（たしか『飛天間《ひてんま》』という店が裏町と繋《つな》がっていると酒天童子は言っていたわ）

美咲は館からすこし歩いたところにある店の並ぶ通りに出て、店先を掃《は》き清めていた小間物《こまもの》屋《や》の手代《てだい》に『飛天間』の場所をたずねてみた。

手代は、館の裏手にある高楼《こうろう》がそれだと指さして教えてくれた。たしかに背の高い塔のような建物があった。ここへ来たときにもあれを上空から見おろしたことを思い出しながら、美咲はさっそく『飛天間』へ向かってみた。

途中、だれかに見られているような気配がして、美咲は後ろを振り返った。この郷《さと》に来てからときおり感じることだった。常にどこからともなく監視されているような気がするのだが、はっきりとはわからない。

立ち止まって四方を確認してみたものの、だれかにあとをつけられているようすはなかった。

美咲は館の築地塀《ついじべい》沿いの道を足早にぬけて、目の前にそびえる建物を見上げた。

「ここが『飛天間』……」

高楼は木造だがかなりの高さがあった。尖塔《せんとう》は雲につっこんでいて見えない。

風雨にさらされた大戸を押して中に入ると無人で、右手には上に向かう階段、左手には一間《いっけん》の遣戸《やりど》があった。美咲は遣戸の貼《は》り紙を読みあげた。

「『お急ぎのお方はこちらからどうぞ』、か。エレベーターみたいなものね」

この高さだと階段を使って登っていっては時間をくうので、美咲は最上階に繋がっていると思われる遣戸を開けた。

「いらっしゃい」

襖《ふすま》の向こうでは、正面のカウンター奥で、店主とおぼしき髭面《ひげづら》の天狗《てんぐ》が煙管《きせる》をふかしながら待っていた。正面左手には階下に続く階段、右手には一間の襖があって、その襖の両側には用心棒《ようじんぼう》らしき屈強《くつきよう》な天狗がふたり立っている。

三方にある花頭窓《かとうまど》のどれから外を覗《のぞ》いても、景色は見渡す限り紺碧《こんぺき》の空だった。まるで部屋ごと宙に浮いているかような錯覚《さつかく》に見舞われる。

窓から外を見下ろしてみると、眼下《がんか》には綿《わた》を敷き詰めたような雲海《うんかい》が広がっていた。店の名のとおり、天女《てんにょ》の侍《はべ》りそうな高殿《たかどの》である。

「すごい」

美咲はひとりで感嘆《かんたん》の声をあげた。自然のおりなす神秘的な景観に思わず見とれてしまう。

「渡りかい？　ここでしっかり手形を見せてから通過してくださいよ」

店主がなおざりな口調で言うと、体の大きなふたりの天狗が寄ってきて、さりげなく美咲の両側を固める。

「え、ええ。ここの戸はどこに繋がっているの？　裏町の酉《とり》ノ区界《くかい》に行きたいのだけど」

ほかの場所へ行くことを、ここでは渡りというらしい。

「あんた、郷のモンじゃねェな。通行手形を見せてみな」

美咲の問いかけから判断したらしい店主が、不審げにたずねてきた。

「通行手形？　そんなものはないわ」

「この郷に入ってくるときに持ってただろうが。おめェさん、それ、どうしたのよ」

ここへは陀羅尼坊に連れてこられたのだから、はじめから持っていない。

しかし自分が頭領《とうりよう》にかかわりのある女だとばれたら、ただちに館に突き出されるに決まっている。

「な……、なくしたわ」

美咲はとっさに嘘《うそ》をついた。

「なくした？　命の次に大事な手形、なくしちまった？」

美咲は店主の責め立てるような言い草に動揺した。ここでは絶対に必要なものであるらしい。

「うちは面倒《めんどう》なお客はお断りだよ。ここは通してやらねえ。もう二度とくるな」

なにやらまずい客であるらしい気配を察した店主は、ふたりの用心棒に合図を送った。

用心棒たちは眉《まゆ》の一つも動かさずに無言で美咲の体を遣戸の向こうへ押し出すと、無慈悲《むじひ》にもぴしゃりと戸を閉ざし、ご丁寧《ていねい》に鍵《かぎ》までかけてしまった。

「ちょっと、開けて。中に入れてよ！　あたし、ここを出たいのよ！」

ふたたび一階に締め出された美咲はあわててドンドンと必死に遣戸《やりど》を叩《たた》くが、沈黙しか返ってこない。

しばらくそこで待ってみたが、それきり戸が開くことはなかった。

美咲は『飛天間』をあとにし、途方に暮れてとぼとぼと歩きはじめた。

（『飛天間』がだめなら、もうこの郷からはぜったいに出られないじゃない……）

だれかに頼んで、どこか頭領の館でない場所で匿《かくま》ってもらおうか。あそこに帰るのだけはいやだ。

美咲がそんなことを思いついたとき。

「散歩か」

うしろで男の声がして、美咲ははっと振り返った。

陀羅尼坊が腕組みして立っていた。

（やっぱり、つけられていた……！）

見られている気配があったのは陀羅尼坊のせいだったのか。

美咲はとっさに身をひるがえして逃げ出した。

山道に入る道をみつけ、姿をくらませるかもしれないと思い駆けこんだ。

蛇行《だこう》を繰り返す小道を必死に走った。あたりには竹林が広がっていた。

美咲はすらりと妖狐《ようこ》に変化《へんげ》し、竹の間をぬって疾駆《しっく》した。

緑の若竹の中を、白い狐《きつね》が矢のような速さで駆ける。

しかし翼を広げ、風を切って追ってくる陀羅尼坊の速度には勝てなかった。

ほどなくして背後にばさりと風の圧がかかって、陀羅尼坊の腕が美咲の胴にまわった。大きな翼に体ごと覆《おお》われたような錯覚に見舞われる。

「馬鹿め。山奥に逃げこんだところで白骨死体に変わるだけだ」

　陀羅尼坊はきつく美咲の体を抱きすくめて言う。

　心臓をつかまれたような、どうしようもない絶望が美咲を襲った。鷲《わし》に捕らえられた小動物はこんな気持ちになるのかもしれない。

　そのまま抱かれるように宙に持ち上げられるので、美咲は四肢《しし》をばたつかせて必死であばれた。

「美しい毛並みだ。富士《ふじ》の峰《みね》の雪よりもなお白い」

　陀羅尼坊は美咲の背に頰《ほお》をうずめて愛《いと》しげにつぶやく。

　美咲は身をこわばらせた。こんな恐ろしくて乱暴なだけの妖怪、愛せない。愛せるわけがない。

　美咲は力いっぱい抗《あらが》った。じわりと破魔《はま》の力が爪先《つめさき》に滲《にじ》む。

　異様な妖力《ようりき》を察知して、陀羅尼坊の手がいちはやく美咲の両手首をひとつかみにして抑《おさ》えこむ。

　バチバチと妖気が衝突して黄金色《こがねいろ》の焰《ほむら》がたった。

「いまその力を駆使してわしをふり払っても、この天狗道《てんぐどう》から逃れることはできぬぞ」

　それを聞いて、美咲の中の戦意がみるみるうちに喪失《そうしつ》した。ここは異界の果てだ。どんなに抗っても、羽根のない自分がここから出ることはできない。

破魔の力は消滅し、代わって悔《くや》しさと悲しみの涙が出てきた。

すすり泣いているうちに、美咲の姿は妖狐から人型に戻る。

「泣いているのか」

美咲の頰に流れる涙を見て、陀羅尼坊が驚きに目を瞠《みは》る。

「なぜ泣くのだ。この郷では泣くことは禁じられている。自分以外の者に涙など見せるな！」

陀羅尼坊はひどく狼狽《ろうばい》して、美咲の体をきつく抱きしめる。

「あんたのことがきらいだから泣くのよ。はなしてよ、乱暴者！　ぜんぶ自分の思いどおりになると思ったら大間違いよ！」

美咲は全身で彼に抗ったが、陀羅尼坊は美咲を抱いたまま、ふたたびふわりと高みに飛び立つ。

「泣くな。涙は魂《たましい》をすりへらす。ただでさえ人の寿命《じゅみょう》は短いのに、そなたと過ごす時間がますます短くなってしまう」

陀羅尼坊は眉根を絞り、不安げに面《おもて》をゆがめて言う。大切なものを壊してしまった子供のような怯《おび》えた瞳《ひとみ》をしている。

美咲はしゃくりをあげながら、こわごわと陀羅尼坊を見る。

こんな顔をされるほど愛された覚えはない。まだ、知り合ってどれほども経《た》っていないのに。

それから、またいつもの違和感をおぼえる――この天狗には、なにかある。いつも堂々としているけれど、心の中になにかをひそめている。夜もひとりで眠れないなど子供のようなことを言うし、涙を禁じる掟《おきて》など敷いて、ひとの泣き顔を見ただけでこんなにも取り乱す。けれど、それがなんであるのか、いまの美咲に察してやる余裕はなかった。

「いやよ、はなして。あたしはここにはいたくないの。館では女天狗《めてんぐ》たちに苛《いじ》められる。あんたは無理ばかりを強《し》いる。こんな谷底に閉じこめられて暮らすのはまっぴらよ」

「女天狗に苛められるだと？」

陀羅尼坊は聞きとがめる。

「そうよ。あたしは異種族の女なのに館に居座っているから、あんたを慕《した》う女天狗たちの恨《うら》みをかっているのよ。聞こえるような陰口《かげぐち》を叩かれたり、食事の器《うつわ》や布団《ふとん》に釘をばらまかれたり。きっとあたしは、近いうちに土佐衛門《どざえもん》になってあの谷川に流れるわ」

美咲は鼻をすすりながら涙声で嘆《なげ》く。

陀羅尼坊は、涙に濡れた美咲を険しい表情で見つめたまま黙る。

女たちの陰湿ないたずらになど、気づいていなかったにちがいない。

「聞かせて。どうしてあたしなの。あんたに似合うきれいな羽根族の女ならここにたくさんいるわ。言うことだって、喜んで聞いてくれる。なのにどうして異種族の半妖怪のあたしなんかを選ぶのよ」

美咲は涙に濡れた目で陀羅尼坊をあおぐ。

「そなたのことが気に入ったからだ。手紙にも書いたように、『乾《いぬい》呉服店《ごふくてん》』で見かけたとき、一目ぼれしたのだ。我が妻にはそなたしかおらぬと、すぐに心が決まった――」

陀羅尼坊は美咲から目をそらして言う。大切な言葉なのになぜか目を合わせずに告げる。照れているというのではなく、まるで自分にも言い聞かせるかようなそぶりだ。そういう不可解な行為が、美咲をいっそう不安にさせる。

「いやよ。あたしは家に帰る。西ノ分店を継がなきゃいけないもの。ここにはいられないわ」

美咲は強くかぶりをふって訴えた。そうだ。陀羅尼坊から逃れたいだけではない。店のことだって、このままないがしろにするわけにはいかない。せっかく一生かけて守ってゆこうと決心してこれまでやってきたというのに。

それでも陀羅尼坊は、頑として聞き入れようとしなかった。

「ならぬ。そなたは十日後の星月夜《ほしづきよ》にはわしの妻になるのだ。これまでの暮らしなど、もうあきらめて忘れよ」

(十日……!)

具体的な数字を聞かされて、美咲は青ざめた。

陀羅尼坊は、ばさりと翼をはためかせて高度をあげると、いやがる美咲を抱いたまま、ふたたび館のほうへと引き返していく。

脱走は失敗に終わった。

その日もまた、食事は喉《のど》を通らなかった。

ゆうべから丸一日、まともになにも食べていない。いたずらなどされていないことをたしかめた小朱が無理にでも食えとせき立てるが、明日の見えない状態で食欲など湧くはずもないのだった。

美咲は茶だけをすすって縁《えん》に出た。

すると、門扉《もんぴ》が開いて、ぞろぞろと異種族の妖怪がやってくるのが目に入った。

郷内で天狗以外の妖怪を見るのははじめてだった。一行は東の館のほうに入ってゆく。

「ねえ、あれはなんのお客なの？」

美咲は膳《ぜん》を片づけている小朱にたずねた。

「今日は週のはじめだから、紺屋《こんや》仲間の集まりがあるのです。毎週場所が変わるのだけど今回はわが郷で開かれるのよ」

紺屋仲間とはいわゆる同業者組合のようなもので、掟を申し合わせ、染代を一〇反《たん》あたりいくらかを決めたり、呉服市場《しじょう》の情報を取り交《か》わしたりし合う組織なのだという。

「あっ」

美咲は、訪れる客のなかにふと見覚えのある妖怪を見つけて声をあげた。でっぷりと肥《こ》えた体は人型をとっているが、顔は猫そのもの。袂《たもと》や裾《すそ》からのぞく手足も人間よりずっと毛深い。

「あれは、化《ば》け猫《ねこ》だわ！」

茶会で美咲が茶を点《た》てた相手である。あの中途半端《ちゅうとはんぱ》な変化姿はめずらしいので妙に記憶に残っていた。

「化け猫様は卸問屋《おろしどんや》です。まあ呉服に限らず、どこにでも手をつけて、節操《せっそう》のない商人だとやっかみをいわれておりますけど」

女天狗はどうでもよさそうに答える。現し世でいうと総合商社みたいなものか。

（こんなところでまた見かけることになるなんて……）

異郷の地で見知った顔に会うと、不思議と親近感をおぼえてしまう。

美咲はふと、腹を突き出して歩く化け猫を見ながら妙案を思いついた。

「会合が終わるのは何時くらいなの？」

小朱にたずねる。

「さあ。いつもは夜が更《ふ》ける前には終わるけれど」

「そう、ありがとう」

化け猫に、ここから脱出する手助けをしてもらおうと思った。彼が裏町に戻るときに、西ノ分店に自分がここにいることを伝えれば、だれかが助けに来てくれるかもしれない。

美咲は、天狗の求婚が絶対だなどとは決して思いたくなかった。

会合というのはどこでもおなじのようで、まともに話し合いをしていたのははじめのうちだけで、途中から食膳《しょくぜん》や霊酒《れいしゅ》が運びこまれて結局はどんちゃんさわぎになった。

夜半過ぎ頃――。

美咲は会合を終えて化け猫が館を出るころあいを見計らって、門扉の陰に身をひそめた。

ほどなくして、酒に酔って頬《ほお》を火照《ほて》らせた連中がぞろぞろと出てきた。

化け猫もたっぷりと食い物をつめこんだらしい腹をかかえて現れた。彼が門を通りすぎようとしたところで、

「ねえ、化け猫さん」

美咲は横あいから小声で呼び止めた。

化け猫はぎょっとして身構えたが、金色の猫目をぎょろりと動かして美咲の顔を確かめると、

「おや、おぬし、どこかで会ったことが……」

記憶を辿《たど》るように首をひねった。

「橘屋《たちばなや》のお茶会でお会いしました」

「おお、そうだ。あの臭《くさ》い茶を点てた女だ」

「わ、悪かったわね、臭い茶で」

しっかり覚えられていた。

「まあ、あれはあれで個性のあるよい味であった。気にすることはあるまいて。で、なぜおぬしがこんな異郷におるのだ？」

化け猫は髭《ひげ》をしごきながら問う。

「無理やり連れてこられたんです。ここの頭領《とうりょう》に」

「頭領に？　どういうわけだね？」

「次の星月夜にあたしを嫁にするというのよ」

「そりゃめでたいな。祝儀《しゅうぎ》はなにがいい？」

「ちょ……、めでたくなんかありません。あたしは酉ノ分店の跡取り娘なのよ。こんなところに骨をうずめる気はこれっぽっちもないんです。それにあの頭領をまったく愛していないわ」

「そういえばおぬし、本店のご子息とも手料理を食わせるほどの仲であったな」

「そうです。あたしは彼を婿《むこ》に迎えて、一緒に店を継いで幸せに暮らすはずだったのよ」

なにがどうなってこんな事態になってしまったのか。今更ながらに陀羅尼坊の身勝手さに腹が立つ。

「おお、そうだ。本店の子息は分店に婿入りするという噂《うわさ》も耳に挟んだことがあるぞ。やはりおぬしのところへ入ることになっていたのか」

もはや白紙に戻されてしまったことは、あえて言わないでおいた。

「ねえ、化け猫さんはいまから裏町に戻るんでしょ」

美咲は声をひそめて話を進める。

「うむ」

「だったらそのときに、あたしがここにいることを酉ノ分店のだれかに伝えてくださらない？」

「助けを呼びたいと？」

「そうなの。一刻も早く出たがっていると伝えてほしいのよ」

「ふむ」

化け猫は思案《しあん》するふうに黙りこんだ。

弘人が婿入りを取りさげたことを知らない化け猫にしてみれば、橘屋の肩を持つか、同業者に味方するかといった選択になるだろう。美咲はじっと返事を待った。

「ではその頼みを聞いたら、おぬしの手料理をわたしにも食わせてくれるか」

長い沈黙ののちに、化け猫は言った。美食家のこのおやじはどうも美咲の手料理が気になるらしい。

「い、いいわよ。ここを出られたら、お腹《なか》がはち切れるほどたくさんごちそうしてあげる」

手料理ごとき、どうということはない。

「ウヒヒ。それは楽しみだな。よいだろう。さっそく酉ノ分店に行ってこよう。しばし辛抱《しんぼう》して待たれよ」

化け猫はそう言って、美咲に別れを告げた。

（びっくりするほど簡単に頼まれてくれたわ……）

同業者である陀羅尼坊を裏切るようなマネをしてよいのかと思わずこっちが不安になった。が、ここから出られるのだという希望が得られて、化け猫のうしろ姿を見送る美咲の心はめずらしく弾《はず》んだ。

3

翌朝、朝餉《あさげ》の献立《こんだて》が現《うつ》し世《よ》の料理ばかりに変わっていたので美咲《みさき》は目を丸くした。

白米に白身の焼魚、がんもどきの炊《た》き合わせや、なじみのある野菜を漬けこんだ香《こう》の物、等。

どれも美咲がすんなりと食べられる品ばかりである。

「おいしい」

ここを出られるという希望もあるせいで、驚くほど食がすすむ。

そばで見ていた女天狗《おんなてんぐ》は嬉《うれ》しそうに微笑《ほほえ》んだ。

「あなたがちっとも食事をとりたがらないので、頭領《とうりょう》がそうしてやれと。……きのう現し世に使いをやってあわてて食材をそろえたのよ。いたずらをしていた姐《ねえ》さんたちもみな、頭領のはからいで暇《ひま》を出されたわ」

「そういえば……」

今朝は身支度《みじたく》を整えてくれた女たちの顔ぶれがちがっていた。

陀羅尼坊《だらにぼう》が気を利《き》かせてくれたのか。なにかしら胸にぽうと明かりがともったような心地になった。

「頭領はあなたが思っているほど非情な男じゃないわ。あなたのほうからももっと寄りそってさしあげねば」

女天狗は美咲の心情を察して諭《さと》すように言う。

「だって、あんまりきかん気の子供みたいな態度だからつい……」

美咲はきまり悪そうに言う。

「子供なのです。あのお方はまだ御年《おんとし》一三〇歳。羽根族《はねぞく》の頭領のうち、これほどの若さで跡目を継がれたお方はほかにおりません」

「そうなの？」

美咲はふと箸《はし》を置いた。

一三〇歳といわれてもピンとこないが、妖怪の寿命《じゅみょう》は種族によって大きく異なるから、八十から百年足らずしか生きられない人間や獣型《けものがた》の妖怪とおなじように考えていてはいけないのかもしれない。長い時間を生きれば、精神年齢の在《あ》り方も人間とはずいぶんと変わってくるだろう。

「天狗で一三〇歳というと、人間にしてみたらどれくらいなのかしら」

「さあ。おそらく十二、三くらいなのではないかと」

「十三って、まだ中学一年生じゃない……」

美咲は驚いた。添い寝をしてもらう歳ではないが、まだ子供である。そういえば、自分でもそれらしいことを言っていた。

「そんな若いのにこの広い郷《さと》をまとめる役を……。先代はどうしたの？」

思えば美咲は陀羅尼坊のことをまだなにも知らない。血族や、そのほか諸々《もろもろ》のことを。

「病死です。ときおり流行《はや》る翼の病《やまい》で、羽根軸《じく》から出血して羽根が短くて丸いものしか生えてこなくなる。しまいには羽根がすべて抜け落ちてしまう恐ろしい病よ。頭領がものごころついた頃にお亡くなりになりになった。翌年の春に、あとを追うようにしてお方《かた》様まで……」

美咲は目を見開いた。

「陀羅尼坊は、お母さんも亡くしているの？」

小朱は頷《うなず》いた。

「おなじ病にかかっておられたのよ。先代に続いてお方様が亡くなられるまでのあいだは、つらい日がつづいたわ。幼い我が子を置いてゆかねばならないことを嘆《なげ》いたお方様が、痩《や》せたお体で毎日のように泣かれて……、頭領は『かか様はなぜ泣くのか』とよくわたくしめに問うてこられたものです。幼い頭領には、涙の意味などわからなかったにちがいないわ」

泣いていた母はやがて死んでしまった。

涙は魂《たましい》をすり減らす——美咲は、自分の泣き顔を見たとき、彼がなぜあんなにも動揺したのかが、いまになってわかった。あれは、泣き顔を見たくないという強い思いからきている。彼の中で、涙は死に直結しているのだ。

美咲は思いがけない事実に胸をつかれる思いだった。

小朱《こあか》は続けた。

「頭領にはほかにふたりの兄弟がいるけれど、気性も顔だちも、先代の血を一番濃く継いでおられるのは現頭領よ。そして人を束《たば》ねる才覚にも恵まれていた。あのお方はいつも自《みずか》らの羽根で飛びまわり、ご自分の目と耳で得たたしかな情報を以《もっ》て郷の者たちを動かしている。一見、直情型の一刻者《いっこくもの》に見えるけれど、実は繊細で、意外といろいろなところに気を遣《つか》っておられる。そういうお方なの。跡目を決めるときには、幼すぎる三人のうち、どの方に郷長《さとおさ》を任《まか》すのか議論をよんだけれど、いまはだれもが彼の名を挙げてよかったのだと実感しているわ」

たしかに、郷人《さとびと》はみな彼に心服している。

「そうそう、ここへきたときに葛《くず》の葉を巻かれたでしょう。あれもあなたの喉《のど》を治すための処置だったのよ」

「え？」

「隠《かく》り世《よ》の葛の葉は炎症《えんしょう》を抑《おさ》える生薬《しょうやく》なのです。あのとき、あなたは長時間外気にさらされて喉を傷《いた》めていたでしょう。頭領はあなたのかすれた声からそれを察して桐生《きりゅう》に命じたのよ」

たしかにあのとき、陀羅尼坊は美咲の発言を聞いてから引き返してきた。

(あれは、あたしのためにしてくれたこと……?)

服従させるための脅《おど》しだとばかり思っていたのに。

美咲は思わぬ事実を聞かされて、目から鱗《うろこ》が落ちる思いだった。


西《とり》ノ分店《ぶんてん》に化《ば》け猫《ねこ》が訪れたのは、美咲が天狗に連れ去られてから三日目の夜のことだった。

「ご子息がこちらにおられるとは思いもよりませんでしたな」

今野家《こんのけ》の居間にとおされた化け猫は、そこに弘人《ひろと》の姿を見て目を丸くした。

化け猫は、例によって中途半端《ちゅうとはんぱ》な変化《へんげ》姿に三《み》つ揃《ぞろ》いを着ている。

はじめのうちはハツと弘人を前に、天気や裏町の景気の話などをしていたが、やがて上唇《うわくちびる》を嘗《な》めてから本題を切り出した。

「実は紺屋《こんや》仲間の会合で富士《ふじ》の天狗の郷に参りましたらば、こちらのお嬢さんに会いましてな。なんでも郷の頭領にかどわかされて館《やかた》に軟禁されているので、至急助けをよこしてほしいと」

「富士の……?」

ハツが身を乗り出す。

「富士の天狗の頭領というと、陀羅尼坊か」

弘人がたしかめる。現し世では高鉢権現《たかばちごんげん》や富士太郎《ふじたろう》と呼ばれる四十八大天狗の一人である。

「ええ。成人前に郷名《さとな》を継いだ若き頭領ですわ。これがなかなかの腕利《うでき》きで。染元としては、先代をしのぐ儲《もう》けを出しているようです」

「橘　屋《たちばなや》が代々お仕着せで贔屓《ひいき》にしているのもたしかそこではなかったですかな?」

ハツがけげんそうに言う。

「ええ。紺屋では最大手ですからな。あの郷は水がいいので染めも美しく仕上がる。隠り世の友禅《ゆうぜん》はほぼみなあそこで染めて、各地に卸《おろ》されておりますわ」

「そういえばこの前の茶会にも、そいつが招かれていたはずだぞ」

弘人は客の顔ぶれをざっと思い返してみた。富士の陀羅尼坊……。確かに年若い凛《りん》とした顔立ちの男がひとりいたような気がする。

「美咲はその者から求婚の内黒羽根《うちくろばね》をうけ取っておりますのじゃ。商売先の呉服屋《ごふくや》で見《み》初《そ》めたとかで梅雨《つゆ》明《あ》けに迎えにくるということじゃったが、先日その者とおぼしき天狗に攫《さら》われて行方《ゆくえ》知れずになっておりましてな」

ハツが険《けわ》しい顔で言う。

「うむ、まちがいなく陀羅尼坊の仕《し》業《わざ》ですな。お嬢さんも、たしかに嫁になれと迫られておるようなことを言っておられた。八日後の星月夜《ほしづきよ》に婚礼を挙げるのだとか。……ときに、ご子息はあのお嬢さんとほんとうに将来を約束し合っている仲なので?」

「ああ、まあ……」

化け猫に問われ、弘人はあいまいに頷《うなず》く。

「そうでしたか。ではいっとき裏町に流れた噂《うわさ》はガセではなかったのですな。ご子息の分店婿《むこ》入《い》りの噂はあの郷にも聞こえているはず。にもかかわらずその嫁となるべき女子《おなご》をかどわかすとは……、これは、なにかありますな」

化け猫は意味深《いみしん》な目をして言う。

「なにか、とは?」

ハツが眉《まゆ》をひそめて問う。

「橘屋に歯向かう心積もりでもあるのではないかと」

天狗がお上《かみ》に宣戦布告——雨女《あめおんな》の言っていたことが弘人の頭をよぎる。

「もともとそういう気質のやつなのか?」

「いいえ、わたくしめのまったくの憶測《おくそく》でございますが。可能性としてはあるのではないかと。しかしなんにせよお嬢さんの事情がわかっておるのなら話は早い。さっそく郷に彼女を助けにいってやらねば」

「おまえは『飛《ひ》天間《てんま》』の通行手形を持っているのか、化け猫?」

弘人が問う。

「ええ。あそこの店主とは顔なじみですから、金さえ積めば、ご子息とお嬢さんの分くらいは融通《ゆうずう》が利《き》くでしょうな。金さえ積めば」

化け猫は商人らしく、さりげなく金のところを強調する。それが目的か。

「念のため、うちの店員もふたりばかり行かせましょう。郷で人手が必要になるやもしれん」

ハツが弘人にそう提案する。

「四人分の手形は用意できるか？　礼なら弾《はず》むが」

弘人がふたたび化け猫にたずねると、

「はあ、まあ、なんとかしてみせましょう」

化け猫は髭《ひげ》をしごきながら引きうけた。

「やけに協力的だな」

弘人が注意深く化け猫を見やりながら言う。あの日、高子《たかこ》との商談は成立していなかったはずなので、化け猫の厚意が少々ひっかかった。また取引の機会を得ようとこっちにゴマをすっているのか。

「実は無事に助け出せた暁《あかつき》には彼女の手料理を食べられることになっておりましてな」

弘人の勘繰《かんぐ》るような視線に気づいた化け猫が、イヒヒと低く笑って嬉しそうに下心を暴露《ばくろ》した。

「そうなのか」

大した交換条件とも思えないが、化け猫がそれで満足するというのなら問題はない。

「じゃあ、今日にでもさっそく手配を頼むぞ」

「承知いたした」

化け猫はしかと頷いて今野家を辞《じ》した。

4

美咲《みさき》が化《ば》け猫《ねこ》に助けを求めて丸三日が過ぎた。婚礼の星月夜《ほしづきよ》まではあと六日しかない。

彼のほうからはなんの音沙汰《おとさた》もない。手料理のもてなしを条件にやけにあっさりと引きうけてくれたが、まさか向こうは冗談だったのだろうか。

(助けが郷《さと》に入るのに手こずっているだけかもしれない。そのうちきっとだれかがくるわ)

美咲はそう言い聞かせた。不安もあるが希望もあるから、なんの望みもないここに来た当初よりはずっと前向きでいられた。

「退屈だわ」

その日、することもなくて、美咲はふらりと館《やかた》の外に出た。

脱走を図《はか》ったわりに監禁されるようなこともなく、美咲は比較的自由の身だった。郷からは出られないとむこうも確信しているからにちがいない。

あてもなく川のほうに向かってみる。

郷には、底の透けて見えるほどに清澄《せいちょう》な水が流れている。この山地一帯の清水《しみず》がよりあつまってできた渓流《けいりゅう》なのだろう。上流域にしては流れが比較的おだやかである。

川の中には、幾筋もの反物《たんもの》がさらしてある。この郷に連れてこられたときにも、上空からおなじ風景を見た。友禅流《ゆうぜんなが》しといったか。

今日は職人らしき天狗《てんぐ》が、水面ぎりぎりのところで羽根をばたつかせながら、水中の反物を引きよせては放ってすすぐ作業をくりかえしている。

水にゆれる色とりどりの反物をそばで見てみたくて、美咲はこの郷にゆいいつ架《か》けられた吊《つ》り橋におそるおそる足を踏み入れた。

水面からはけっこうな高さがあるものの、頑丈な造りの吊り橋だったので美咲はゆっくりと中ほどまで歩をすすめた。

見下ろすと、反物に描かれた紋様がゆらゆらと泳ぐようにゆらいでいる。

「きれい……」

美咲は思わずつぶやいた。上品で華《はな》やかな色合いが、大自然の神秘的な景色とみごとに調和しているのだった。

「あれは染めの工程のひとつだ」

吊り橋のたもとから男の声がして、美咲はそっちを振り返った。

いつの間《ま》にか陀羅尼坊《だらにぼう》がいた。いつも、気づくとそばにいる。

「生地《きじ》についた糊《のり》やよぶんな染料を、ああして水で洗い流しているのだ」

言いながら、美咲のほうにやってくる。

「へえ、そうなの。とてもきれいだわ」

美咲はふたたび水面に目を戻す。

「あれができるのは、隠《かく》り世《よ》の中ではうちの郷を流れるこの川だけだ」

「どうして？」

「水質が関係している。富士の水脈は特殊で、隠り世を流れる川にはふつう鉄が多く含まれているが、ここのは友禅の淡《あわ》くやわらかい地合いに適した軟水《なんすい》なのだ。それにこの川は年中水温が低い。ぬるい水だと必要な色まで落ちてしまうが、冷たい水で仕上げれば繊維がしまってよりよい色に染めあがる」

川床をたゆたう反物を見ながら陀羅尼坊は続ける。

「染め物はこの郷でもう何百年も前から続けられている。隠り世の着物の六割がうちで染められたものだ。橘屋《たちばなや》の仕着せも、そなたが茶会で着ていたあの『山紫水明《さんしすいめい》』も、この郷から生まれた反物で仕立てられたものなのだぞ」

美咲ははっと思い出した。そういえばあのとき陀羅尼坊は、美咲の振袖《ふりそで》を褒《ほ》めて銘柄《めいがら》まで言い当てた。男のくせに妙に詳しいなと気になったものだ。

「永《なが》らく郷に根づいている生業《なりわい》だから、このまま勘《かん》と技術を衰《おとろ》えさせることなく後世に継承《けいしょう》してゆきたい。それがほんとうの意味で、先代の仕事を継《つ》ぐということだと思っている」

染元としての誇りがひしと伝わって、美咲の心がゆさぶられた。

「あたしも、おなじ気持ちよ」

陀羅尼坊が美咲のほうを見た。

「あたしも酉《とり》ノ分店《ぶんてん》を続けていくことで、ここまで稼業《かぎょう》を続けてきた先祖に報《むく》いたいって思ってるわ」

だからこの郷に嫁に来ることはできない。美咲は心の中でそうつぶやく。

「そうか。そなたも跡取りだったたな」

陀羅尼坊は静かに言った。いつもなら強引に結婚話にもっていくのに、このときばかりはどういうわけか家業を継ぐ者どうしの会話を許した。美咲には、それがとても不思議だった。

「あたし、あんたを誤解していたわ、陀羅尼坊」

美咲は陀羅尼坊と心がすこし打ち解けたような気がして、素直に切り出した。

「なに？」

「小朱《こあか》から聞いたの。あたしをここへ連れてきたとき、葛《くず》の葉で口を塞《ふさ》いだでしょ。あれは、あたしが喉《のど》を傷《いた》めていることに気づいたからしてくれたことだったのね」

「あ……あれは、うるさい口を封じるのに使っただけのことだ」

陀羅尼坊はすっきりと整った顔をすこし赤らめて返す。

「あたし、嬉《うれ》しかったわ。ほかにも、いじわるをする女天狗を追い出してくれたり、現《うつ》し世《よ》のご飯を用意してくれたり……。あんた、わがままで乱暴者だけど、ちゃんといいところもあるのね。ありがとう」

美咲は微笑《ほほえ》んで礼を言った。

「ねえ、それから、涙は悪いものじゃないわ」

美咲は話題を変えた。

「あれはつらいときに流れるから悪いもののように思えてしまうかもしれないけど、泣くこと自体は悪いことではないわ。郷の人に涙を禁じているのもへんよ」

「なんなのだ、藪《やぶ》から棒《ぼう》に」

陀羅尼坊はけげんそうに美咲を見る。

「あんたの、お母様の話も小朱から聞いたの。小さいころ、お母様がよく泣いていた。泣きながら亡くなっていった。だからあんたは、涙を見るのが怖いのよね。泣いている人はみんな、死んでしまうんじゃないかって」

「涙は負《ふ》の感情の発露《はつろ》だ。負の感情を抱《かか》えていること自体、体に悪い。魂《たましい》をすりへらす」

「だからこそ泣いて、涙で悪いものを洗い流してしまうんじゃないの。涙は命を奪うものではない、むしろ、再生のための足がかりになるものだとあたしは思うわ。だって、あたしはいまも生きているわよ。あんたのことをあんなにも嫌いだと言って泣いていたあたしだけど、いまは元気になって、こうしてあんたをちょっと見直して好きになったし、感謝もしているわ」

「そうか、そなたはたしかに生きているな」

「そうよ。お母様の涙は悲しみの涙だったかもしれないけれど、流れるすべての涙がそうとは限らないわ。赤ちゃんだって言葉の代わりに泣くし、嬉しいときや感動したときにだって流れるものよ。決して悪いものなんかじゃないわ。だから、もうだれかの涙を見てあんなふうに怯《おび》える必要はないし、あんた自身がそれをこらえる必要もないのよ」

美咲がそう言うと、陀羅尼坊は目線を彼女から反物のゆれる水面に移したまま、なにか考えるふうに黙りこんでしまった。

いままで、だれもこういうことを教えてくれなかったのだろうか。いますぐに涙に対する概念《がいねん》が変えられるわけではないだろう。それでもいつか、涙が、あんなふうに彼をおびやかすものでなくなるといい。郷の人たちにも、思いきり外で泣いていいのだと言ってほしい。美咲はそんなふうに思いながら、陀羅尼坊の精悍《せいかん》に整った横顔をみつめた。

「そういえばそなた、ようやくわしの前で笑ったな」

ふと陀羅尼坊が、ふたたび美咲と目を合わせて言った。

「そうだっけ」

「そうだぞ。ここに来てからずっとしけたツラばかり見せていたのに」

陀羅尼坊は一変して嬉しそうに顔を輝かせる。

たしかに、こんなふうにおだやかな気持ちで接するのははじめてだ。この天狗の優しさに触れたことのほかに、化け猫のおかげで郷から出られるという希望が生まれて、心が広くなっているせいもあるかもしれない。

美咲がそんなことを考えていると、

「おい、いまから縁側《えんがわ》で膝枕《ひざまくら》をしてわしの耳をほじれ」

すっかり気をよくした陀羅尼坊が言った。

「は？」

「夫婦《めおと》ごっこだ」

「夫婦ごっこ？　なによ、それ。夫婦の真似《まね》ごとをするっていうの？」

膝枕で耳掃除なんて、弘人《ひろと》にだってしたことない。

「そうだ。なかなか楽しい遊びだぞ。いつまでもそんな浮かない顔をしているな。泣いても一生、笑っても一生。ならば楽しく笑って過ごそうではないか」

わりとまっとうなことを言う。

「言うことが聞けぬなら、そなたの首を刎《は》ねてやる」

この脅《おど》しがなければ。

「どうする、血まみれの首無し死体になるか。それともわしと夫婦ごっこをするか」

どうしてあたしがそんなこと、と思いつつも、断ったりしたらほんとうに首を刎ねられかねないので、美咲はしぶしぶ陀羅尼坊のわがままを聞きいれることにした。


「ここがいい。ここでしてくれ」

陀羅尼坊は、西の館の、陽当《ひあ》たりのよい南向きの広縁《ひろえん》に美咲を導いた。

縁からは手入れのゆきとどいた庭が見えた。

今日は谷に吹きこむ風も少なく、陽気がおだやかである。

美咲が言われたとおりに正座すると、陀羅尼坊がごろりと身を横たえて、母に甘える子供のように無邪気《むじゃき》に頭を乗せてきた。

「ほんとうに馴れ馴れしい男ね」

「どのみち夫婦になるのだからよいではないか」

陀羅尼坊は罪のない顔をして言う。

「なりません。あなたとは」

美咲はぴしゃりと言ってのけた。

膝枕とは、考えてみれば実に親密な行為である。体の一部に相手を迎え入れるのだから。

けれど膝にかかる重みは愛する男のものではない。これが弘人だったら幸せなのに――。

美咲は耳にかかった陀羅尼坊の斑《まだら》の髪をそっとよける。触れ心地が弘人の髪とはまったく違うし、なんの愛情もわいてこない。

やっぱりこんな暮らしは無理だ。好きでもない男につくせるほど心の広い女ではない。

美咲はうわのそらで耳かき棒を動かしながら、弘人のことを考えた。

いま、どうしているだろう。自分がいなくなったことを知って、すこしはあわてているだろうか。意外とせいせいしているのかもしれない。酉ノ分店へ婿入《むこい》りする必要は完全になくなるし、厄介《やっかい》ごとばかりおこす女の顔を、もう見なくてすむのだから。

（裏町へ出て家に逃げ帰れたとしても、もう助けてもらえないのかも……）

「おい。いま、そなたはだれのことを考えているのだ？」

陀羅尼坊が片目を開けて問うてくる。

「ヒロのことよ」

「なんだと？　またか。もうあやつのことは考えるな。そなたはつぎの星月夜にはわしの妻になるのだ。あの鵺《ぬえ》を想《おも》うことは一秒たりとも許さん」

「無理よ。好きなんだもの」

美咲はそう言って、つんとそっぽを向く。

「うぬぬ。頬《ほお》まで染めやがって憎らしい。どうしてくれようか」

陀羅尼坊は耳もとにあった美咲の手を取っ払うと、むくりと起きあがった。

美咲は、なんの仕置きをされるかと内心びくびくしながらも陀羅尼坊をじっと見返す。

「桐生《きりゅう》に鉈《なた》を研《と》がせよう。今夜中に手足を切り落として息の根も止めてやる」

陀羅尼坊が美咲を睨《にら》みすえたまま、低い声で言った。

「ひっ」

美咲は息を呑《の》んで、思わず自分の手首をかばった。

「あの鴇のだ！」

陀羅尼坊はさらに眉《まゆ》を吊《つ》りあげて言い放つ。

目が嫉妬《しっと》に燃えている。さっきまでくつろいだ顔をして甘えていたのに、あいかわらず気性《きしょう》の激しい男である。

「あんた、そういえば手紙にもそんなこと書いてたわよね。ヒロを消してやるとか痛めつけてやるとか」

「うむ。たしかに書いたぞ。そなたの身の振り方しだいでは実行するつもりであった」

「身の振り方もなにも、強引にここへあたしを攫《さら》ってきたじゃないの！」

「そうだったか？　わしの迎えを心待ちにしていたように見えたが」

陀羅尼坊はしれっと返す。

「だれが待つもんですか。あたしがここにいれば文句はないんでしょ、ヒロにはぜったいに手を出さないで」

「あんな身勝手な男のどこに惚《ほ》れたのだ？」

「強くて優しいところよ。というか、あんたほど身勝手じゃないわ。そりゃあ、ちょっと強引なところもあるけど」

言っていて、急に弘人の強引さが恋しくなった。

家の居間でじゃれ合っていた日が遠い昔のことのように思える。あの広くて安心できる胸に抱きしめられたい。酔っ払った弘人でいいから、もう一度、彼のぬくもりに包まれて癒《いや》されたい。美咲はせつなげにため息を吐きだした。

「ふん。どうせもう二度と会うことはない相手だ。さっさと忘れろ」

陀羅尼坊はすげなく言う。

「忘れられるわけがないわ。はじめて心が通じた人なのよ。恋だけじゃなくて、裏町のことだってぜんぶヒロが教えてくれたのよ」

「やかましい。あやつののろけ話はもう聞き飽《あ》きたわ。続きをやれ」

陀羅尼坊は拗《す》ねたように言うと、ふたたび横になって美咲の膝に頭を乗せてくる。

「さっさと手を動かさんと、ほんとうに今晩、あの鵺を襲いに行くぞ」

陀羅尼坊はどうでもよさそう言って目を閉じる。

「ん？」

ほんとうに、ということは、いまのも単なる口先だけの脅しだったのだろうか。

（もう、頭の中どうなってるのかしらこの男）

感情の起伏《きふく》が激しく、精神年齢は依然《いぜん》としてあいまいである。

美咲は戸惑《とまど》いながらも、弘人がつけ狙《ねら》われては困るので、言いつけどおりにすごすごと耳そうじを再開した。

この男のわがままに従うのももうすこしの辛抱《しんぼう》だ。郷に助けが来てくれさえすれば――。

4

そんなふたりのようすを、館《やかた》の庭の柘植《つげ》の木の茂みから盗み見している者たちがいた。

弘人《ひろと》、劫《めぐる》、雁木小僧《がんぎこぞう》の三人である。

「あれって膝枕《ひざまくら》で耳かきっすよね？」

雁木小僧が驚きに目を瞠《みは》って言う。

「膝枕に耳かきだね」

劫が信じられないといったふうにかぶりをふる。

「なにやってんだ、あいつ……」

弘人も目を疑った。

美咲が縁《えん》で膝《ひざ》を折り、そこに陀羅尼坊《だらにぼう》――茶会で見かけた男は確かにあんな顔だった――がちゃっかりと頭を乗せているではないか。

弘人は一瞬、ここに自分がなにをしに来たのかわからなくなった。

劫と雁木小僧を伴《ともな》って、弘人が『飛天間《ひてんま》』をとおして富士《ふじ》の天狗道《てんぐどう》にたどり着いたのはこれよりすこしばかり前のことだ。

郷《さと》には、天狗を除けば一日におよそ三〇あまりの妖怪が、商売や物見遊山《ものみゆさん》などの名目で出入りするのだという。頭領《とうりょう》の方針で、ここ富士の天狗道の『飛天間』の管理は厳しいほうなのだというが、化《ば》け猫《ねこ》の手配してくれた身分を詐称《さしょう》した手形はあっさり認められ、三人は難なく郷入りすることができた。

三人は山伏装束《やまぶししょうぞく》である。郷ではこの姿の者が圧倒的に多い。外部からきた者は目をつけられやすいので、三人はまず呉服屋《ごふくや》をさがして山伏装束に着替えた。羽根《はね》はないが、変化《へんげ》して隠している住人も少なくはないのでひとまずは郷人になりきった恰好《かっこう》である。

呉服屋の店主との会話から、頭領《とうりょう》の館が『飛天間』のすぐそばにあることが判明した。

その後、ここにこっそり潜《もぐ》りこみ、勝手がわからないのでしばらく物陰から様子見をしていたところ、庭に面した広縁《ひろえん》に、おりよく陀羅尼坊が美咲を引き連れて現れた。

そして耳かきがはじまったのだ。

陀羅尼坊は実に満足そうな顔をしている。美咲も美咲でわりとくつろいだ表情をしており、なんとものどかな雰囲気《ふんいき》がただよう。まるで仲睦《なかむつ》まじい夫婦のようだ。

弘人がこみあげる苛立《いらだ》ちを抑えられないでいると、

「くっそう、許嫁《いいなずけ》のおれをさしおいて天狗に膝枕なんてしやがって許せねえ」

横にいた劫が芝居がかった口調で言う。

「なんだ?」

弘人がぴくりと反応する。

劫はおまえの心を代弁してやったんだよ」

劫は底意地の悪い笑みを浮かべて言った。

「悪いけどそんな狭《きょうりょう》量な感情を抱《いだ》いたおぼえはないな」

弘人はつとめて冷静に返す。

「無理すんなよ。めずらしく顔に出てるぞ。いつ雷落としてやろうか見計らってるカンジ?」

「つまらない無駄口を叩《たた》いているおまえになら落としてやってもいいと、たったいま思ったが?」

「まあまあ、喧嘩《けんか》はよしてくださいよ。とりあえずお嬢さんが無事でよかったじゃないですか」

雁木小僧がふたりの間に割って入る。

「しかしほんとに平和な眺めっすよね。おれァてっきりうしろ手に縛《しば》られて猿轡《さるぐつわ》でヒーヒー言わされてんのかと」

三人はふたたびそろって複雑な面持《おもも》ちで縁のほうに目を戻す。

「そっちのほうがまだ助けがいがあったな」

弘人は陀羅尼坊を睨《にら》みつけたまま、憤然《ふんぜん》と言う。

ふと、仲良さそうに陀羅尼坊と喋《しゃべ》っていた美咲が、なにやら急に頰を染めてそっぽを向いた。からかわれてむくれているといった態《てい》である。

「あーあ、なんかいい雰囲気。おまえマジでふられちゃったんじゃないの、弘人？」

劫が懲《こ》りずに茶化《ちゃか》す。

「うるさい」

弘人はいいようのない焦燥《しょうそう》をもてあましながらも、美咲と陀羅尼坊のやりとりにじっと目を凝《こ》らす。距離があるので会話はもちろん聞こえないが、どう見てもじゃれ合う恋人同士そのものだ。たった一度の喧嘩で、もうほかの男に心が移ってしまったというのか。

（いや、そんな女じゃない……）

弘人は自分に言いきかせる。

とつぜん陀羅尼坊が美咲の手を払って身を起こした。

会話が途切れ、美咲が気圧《けお》されたように固まる。

口づけするタイミングでも計って、互いを探るように見つめ合っている。少なくともこっちにはそう見える。

弘人は固唾《かたず》を吞《の》んだ。

周りに人はいない。酔っ払っている自分ならまちがいなくあのまま押し倒す。

そんな事態になったら阻止《そし》しに行くつもりでいた。陀羅尼坊がどれほどの力を持っているかは未知数だが、一騎討《いっきう》ちなら雷神《らいじん》を呼ばずとも勝てる自信はある。

劫と雁木小僧もおなじような心積もりでなりゆきを見守っている。

ところが、陀羅尼坊はなにもしなかった。美咲のほうにも貞操《ていそう》を守ろうと怯《おび》えるところや警戒はほとんど見られない。自分が手を出したときの反応からすると美咲はかなり初心《うぶ》なほうだから、その彼女が気をゆるしているとなると、あの天狗は見かけによらず硬派な性質《たち》なのかもしれない。

戦いにそなえた体の力が一気にぬけた。

(だが奥手だと安心して、かえって惹《ひ》かれやすいか……?)

それはそれで困る。このままちがって美咲が心変わりをするようなことがないよう、一刻もはやくあのふたりを引きはなさねばならない。

しかし、ここで美咲の身の安全が確認されたとなれば、にわかに考えが別な方向に流れはじめた。

彼女の救出とはべつに、もうひとつ推《お》しすすめねばならぬ事がある。化け猫の言っていたように、あの頭領に叛意《はんい》があるのかどうかをはっきりさせねばならない。もしそうなら、これ以上の厄介《やっかい》ごとが起きるよりも前にカタをつけ、あの男はさっさと高野山《こうやさん》へぶちこんでやりたい。

弘人はじっと押し黙って思索《しさく》をめぐらせた。

陀羅尼坊は美咲にずいぶん気を許している様子だから、彼女は情報を引き出すには適役である。この際だから、星月夜《ほしづきよ》ぎりぎりまでとどまらせて探りを入れてもらおうか。場合によっては寝首をかいてもらってもいい。

「あいかわらず飛んでいるやつはいないみたいだな」

弘人はぐるりと頭上を見渡して確認してからつぶやいた。上から見られていてはひとたまりもないが、いまのところそういう天狗も見当たらない。館には立派な棟門《とうもん》が構えられているが、ここに潜入する際にも門番らしき者の姿はなかった。『飛天間』が関所の役割を果たしているので、郷の連中は案外、外敵への警戒心というものが薄いのかもしれない。

「天狗の郷にくるのはおまえもはじめてだったりするの？」

となりに並んだ劫が問う。

「ああ、はじめてだな。天狗とやりあった経験はあるけど、彼らは郷に厄介ごとを持ちこみたがらないから、接触はもっぱら裏町の山中だった」

「それだけ郷を守る仲間意識が強いってことか？」

「閉ざされた空間で暮らしているから自然と排他的《はいた》になるのかもしれない」

劫はため息をついた。

「まだ死にたくないなァ。美咲のためとはいえ、こんな地獄の入り口みたいなところにのこのこついてきてちょっと後悔してるよ、ぼくは」

「おれはそんな軟弱な発言をするおまえを連れてきたことを後悔してるよ」

弘人は白い目で劫を見やりながら言う。

ハツが同行する店員を呼びに行ったとき、美咲が連れ去られたのは自分の責任でもあるから助けにいかせてくれと劫が名乗りをあげた。そういう気持ちは理解できるので、弘人は同行を許した。劫は現《うつ》し世《よ》育ちだが、まったく戦力にならないというわけでもない。

「ちょっと弱音を吐いたくらいで厳しいな。おまえって美咲にもいっつもそういう態度なんだろ。彼女がおまえの心ない言葉にどれだけ傷ついているか考えたことはあるか」

劫が責めるように言う。

「おまえの知らないところでちゃんと可愛《かわい》がっているから心配するな」

喧嘩《けんか》別れしておきながら説得力がないなと思いつつも、弘人はすまして返す。

しばしのち、

「よし。決めた。美咲に陀羅尼坊を探らせよう」

弘人はだしぬけに言った。

「なんだって？」

劫と雁木小僧がぎょっとして弘人を見る。

「探らせるってなにを。どういうことだよ？」

劫が問う。

「今回のかどわかしが陀羅尼坊になにかよからぬ考えがあってのことなら、それを明らかにして手をうたないといけない」

「ただ純粋に一目惚《ひとめぼ》れしたから攫《さら》ったんじゃないの？」

「わからないからはっきりさせるんだ」

「おまえ、美咲を利用するつもりか？」

「利用？　そうじゃない。これは橘屋《たちばなや》の仕事だ。あいつ自身の仕事でもあるだろう」

「ぼくは反対だ。危険すぎる。さっさと彼女を連れ出して、この郷を脱出するべきだ」

劫は断固として言った。

「おれもあまり気がすすみませんが。だってお嬢さんですよ。間者《かんじゃ》なんて向いてないっすよ」

たしかに嘘《うそ》や隠し事は不得手な女だ。腹芸にも長《た》けていない。情報を引き出すどころかうっかりボロを出しそうではある。

「しかし、事件が起きたらどのみちまたここに潜《もぐ》りこんで頭領の首を捕りにくることになる。二度手間だ。……美咲にしたって、いつまでもまわりが甘やかしてどうする」

「おまえ、愛する女を助けにきたくせに、なんですすんで危険に晒《さら》すようなマネするんだよ。彼女になにかあったらどうするつもりだ」

「愛することと甘やかすことは違う。あいつが郷に入ってもう五日も経《た》つんだぞ。なにかあるなら、もうとっくに起きてるさ。それにやつらが黒なのだとしたら、美咲は人質みたいなもんだ。無体《むたい》なことはしないよ」

「いままではなくてもこれからはあるかもしれないだろ」

劫はしつこく食いさがる。

「星月夜の朝ぎりぎりまでだ。それまでになにもつかめなかったら引きあげる。たまにはあいつの力も信じてやれ。ずいぶん強くなったよ」

弘人に言われ、ふたりはそれぞれ考えるふうに口をつぐんだ。

「おれたちはこのまま郷人になりすましていろいろと頭領の情報をあつめよう」

弘人は淡々と言って、ひとまず館から退散することを促《うなが》した。

第四章　弘人の失敗

1

郷《さと》の谷川のそばに物干し場が設《もう》けられていて、洗いあがった色とりどりの反物《たんもの》が何枚も紐《ひも》にひっかけられて整然と並んでいる。

美咲《みさき》はそのきれいな反物と反物の隙間《すきま》から、ぼんやりと空を仰《あお》いでいた。

崖《がけ》に囲まれた谷底から見上げる空は狭かった。もう何日も、こんな空しか見ていない。

反物が、かすかに風をはらんでそよそよとゆらいでいる。青い空に、薄紫《うすむらさき》や紅《くれない》の色が映《は》えている。そこに描かれた草花や器物などの鮮やかな文様が。

目に映る景色はこんなにも美しいのに、美咲の心は淋《さび》しかった。

（うちに帰りたい……）

美咲はたくさんの色模様にうずもれて、ひっそりとため息をついた。

ふいに何者かの気配を感じて、顔をあげた。

反物一枚を隔《へだ》ててだれかがいる。ゆれる反物の裾《すそ》から一枚歯の下駄《げた》を履《は》いた足もとだけが見えており、その大きさからして男のように見えた。

郷人《さとびと》だろうか。いまは陀羅尼坊《だらにぼう》も側近の者たちも、郷の外へ出払っているのだと聞いた。

悪い予感がした。こんな近くに来るまで声も気配もさっぱりと消していたのだ。なにか下心があって近づいてきた可能性が高い。

（逃げたほうがよさそう……）

美咲がなんとなく身の危険を感じてそこを立ち去ろうとしたとき。

反物のあいだからぬっと手が伸びて、強い力で引きよせられた。

「きゃ……」

背後から抱きすくめられたかと思うと、声をあげる間《ま》もなく手で口を塞《ふさ》がれる。

相手はやはり男だった。美咲よりもずっと背丈《せたけ》があって、引き締まった体をしている。

はなしてよ！　と叫ぶものの声にはならない。

抗《あらが》っても勝ち目などないのはじきにわかった。

それでも体を絞《し》めつける容赦《ようしゃ》のない力に本能的な恐怖をおぼえ、美咲は抵抗をつづけた。

こんな異郷に閉じこめられて好きでもない相手と結婚をさせられそうなばかりか羽根族《はねぞく》のろくでもない男に手籠《てご》めにされるなんてあまりにも惨《みじ》めだ。

美咲は口を覆《おお》っている男の手に歯を立てた。しかし噛《か》みついてやろうと力をこめるよりも先に、その手が口もとからはなれた。

「はなして！　あたしは頭領《とうりょう》の嫁になる女なのよ。わかってて手を出してるの？」

声をとりもどした美咲は、自由のきく顔だけをわずかにうしろに向けて鋭く言い放った。こんなときだけ頭領の威《い》を借りるのも不本意だが、ここではもっとも効果的な言葉のように思えた。

「おまえ、いつのまに陀羅尼坊の許嫁《いいなずけ》になったんだ」

張りがあるのにやわらかな聞き覚えのある声が耳朶《じだ》をうった。美咲ははっと目を見開いた。

「ヒロ！」

振り返ると、自分を羽交《はが》い締《じ》めにしていた男は弘人《ひろと》だった。

弘人は美咲を解放した。

彼は郷人らがいつも着ている山伏装束《やまぶししょうぞく》に身を包んでいる。これまでにない目新しい装《よそお》いに、しばしのあいだ目を奪われた。この男はなにを着てもいちいち似合ってしまうと美咲は思う。

それからひさびさに懐《なつ》かしい顔を見られて、愛《いと》しさで胸がいっぱいになった。

弘人のほうは、いつもの感情をひそめた顔でじっと美咲を見ている。

「どうやってこの谷に入ったの？　あたしも『飛天間《ひてんま》』から逃れようとしたけど、手形がないやつは通せないと手ひどく断られて……」

「化《ば》け猫《ねこ》が手を貸してくれた。あいつは紺屋《こんや》仲間のよしみでこの郷の住人に顔がきくらしいんだ。一ノ瀬《いちのせ》と雁木小僧《がんぎこぞう》もきている」

「劫《めぐる》たちはいまどこに？」

「郷の天狗《てんぐ》たちに探りを入れて頭領のことをいろいろと調べさせてる。夜は化け猫が手配してくれた宿に……」

「そうなの。あの化け猫って頼りになるのね」

「おまえのことを伝えにきたときに都合をつけてくれるよう頼んだ。袖《そで》の下を渡したら案外あっさりと動いたぞ」

袖の下がどれほどの額なのかは見当がつかないが、なんとなく高い金額を積んだのはわかった。

「ごめんなさい」

美咲はしおらしく頭をたれてあやまった。喧嘩《けんか》別れした日のことを思い出していた。

「金のことなら気にするな」

「そうじゃないわ。……あたし、先のことはわからないだなんて、跡を取ることを投げ出すようなことを言った。高子《たかこ》様にやっぱり認めてもらえないんだって思ったらなんだか苦しくて」

「いいんだ。おれも悪かった。急ぎすぎたんだ。もっとゆっくりと、時間をかけておふくろを納得させていけばいい。ふたりで一緒に」

弘人がふたたび美咲を抱きよせて言った。ひさしぶりに弘人の優しい声とぬくもりに包まれて、心がじんとあたたかくなった。

「おまえ、心変わりしたんじゃないんだな」

すんなり抱かれて懐《なつ》いてくる美咲を見ながら、ほっとしたように弘人が言う。

「するわけないじゃない」

「仲良く膝枕《ひざまくら》で耳掃除なんてしていたからさ」

美咲は目を丸くした。

「見ていたの？　あれは脅《おど》されて仕方なくやったことなのよ。言うことを聞かないとすぐに怒る気性《きしょう》の荒い男なの。まだ一三〇歳だって。天狗では子供のほうだと言っていたわ」

「ふうん。たしかに年は浅いな」

弘人はさりげなく反物のほうに目をうつす。

「もしかして、やきもちなの？」

なんとなく不服そうな顔をしているように見えて、美咲はまさかと思いながらたずねる。

「ああ、やきもちだな」

弘人は美咲に目を戻した。

「大人だろうが子供だろうが、おまえがおれ以外の男を甘えさせるのは許せない」

あまりにも堂々と言うので、なにやらこっちのほうが気恥ずかしくなった。やきもちを妬《や》くほどに自分のことを想《おも》ってくれているのかと思うと、胸が熱くなる。

「よかった。もう、このままあの乱暴天狗と結婚するしかないんだと思ってた……」

心から安堵《あんど》して、美咲は甘えるように弘人の背に腕をまわした。

「おまえはおれの嫁になるんだろうが」

弘人は美咲を抱きしめなおしてしかと言い聞かせる。

たった六日しか経《た》ってないのに、もうずっと会っていなかったような感じがした。思いがけず再会がかなって、この上ない幸せに浸《ひた》っていると、

「美咲……。聞いてほしいことがあるんだ」

弘人がそのままの状態で静かに切り出した。

「なに？」

声がそれまでと異なる深刻なひびきを帯びていたので、美咲は身をこわばらせた。

「おまえ、この先もあの天狗にほだされるようなことはないな？」

「ないわ」

「もしやつの気が変わって手を出されたりしても、破魔《はま》の力で切り抜ける自信はあるか？」

「もちろんよ」

「わかった。……実はここを去る前にひと仕事できたんだ。頼まれてくれるか？」

「ひと仕事？」

美咲は思わぬ申し出に眉《まゆ》をひそめる。いやな予感がして、弘人からすこしだけはなれた。

「陀羅尼坊にはやはり謀反《むほん》の疑いがかかっている。おまえをかどわかしたのも、その一環なの

ではないかと。雨女《あめおんな》から噂《うわさ》を聞いたことがあるし、化け猫もそれらしいことを言っていた」

「化け猫が……？」

美咲は目を見開いた。

「でもどうして、なんのために陀羅尼坊は橘屋《たちばなや》に逆らうの？」

「声明はなにも出ていない。だが単純に考えて、おれを敵にまわすことを知っていながらおまえに手を出したりするのはやっぱり妙なんだ」

「たしかにそうだけど、あたしを人質にとっておいてなにかやらかそうとか、そういうこと？」

「可能性はある。だから、もうやつには逆らわないで従順なふりをしろ。そしてもっと心を開かせて、やつの目的を探るんだ」

「スパイ行為をしろというの？」

胸にひやりと冷たいものが広がった。

助けに来てくれたのかと思っていた。このままふたりで家に戻れるのだと。

「染め物業がすべての男よ。わがままで乱暴だけど、そんな邪《よこしま》なことを考えているようには見えなかった。橘屋にお仕着せを納《おさ》めていることだって誇りに思っているみたいだったし」

かりに陀羅尼坊が謀反人だったとしても、なぜ弘人がそんな危険を顧《かえり》みぬようなことを自分に強《し》いるのか納得のゆかないまま美咲は返す。

「それは表向きの顔だ。謀反人が表立って主《あるじ》に逆らっていたら謀反は完遂《かんすい》しないよ。おまえは心をよせる芝居でもして、あいつが秘めている叛意を暴くんだ。具体的な計略まで引き出してしまえるのならなおいい。もし尻尾《しっぽ》がつかめたらおれに知らせろ」

「心をよせる芝居って……」

そんな器用なマネはできっこない。さいわい、向こうは自分のことを好いていてくれているようだが、気持ちを弄《もてあそ》ぶことになるような気がしてかえってやりづらい――。

「仕事だと思って割りきってくれ」

弘人が美咲の心を読んだように言った。

「ヒロはどこにいるの？」

美咲は不安をおさえきれずに問う。

「わからない。五日後の、日の出前に『飛天間』の一階で落ちあおう。そのときに、館であった出来事や陀羅尼坊との会話の内容なんかを細かく聞かせてくれ。忘れないように毎日、日報でも書いておくといいな。情報次第では、ここを出る前にあいつを捕らえることになるのかもしれないが――。とにかく五日以内になんとか尻尾をつかんでほしい」

「たったの五日で？」

「そうだ。五日後の夜は星月夜《ほしづきよ》だ。おまえが嫁にされる前にはケリをつけなきゃならない。なにもつかめなければそのままいったん一緒に引き返そう」

「…………」

美咲は黙りこんだ。

いやだ。こんなところにはもういたくない。一刻もはやく家に帰りたい。

けれど、それとおなじだけの責任感が胸のうちに生じていた。弘人はあえて口にはしないが、これは橘屋の一員としての果たさねばならない務めである。

仕事と恋愛をきっちり分けてしまう、弘人のこういう厳しさもきらいではない。それでも、

美咲は弱々しい声でつぶやいた。

「あたし、あんまり嘘《うそ》つくの得意じゃない……」

弘人に抵抗しているのか甘えているのか、自分でもわからなかった。

「ああ、そうだな。おれはおまえのそういうところが好きだよ。でもあいつがなにか企《くわだ》てているのだとしたら厄介《やっかい》だ。近いうちにろくでもない事件が起きて、結局またここに探りを入れにくることになる。だから、頼む」

弘人はもう一度美咲を懐《ふところ》に抱いて髪を優しくひと撫《な》でし、噛んで含めるように言う。

ずるい。こんなふうにされて、ことわれるわけがない。それに、どのみち自分ほどの適任者はほかにいない状況だ。

美咲は心のどこかで、はじめから引きうける選択しかなかったのだということを悟った。

「安心しろ。おれは郷にいる。なにかあったら必ず助ける。それにおまえには破魔の力もある。

もうちゃんと自在に使えるようになった。だから大丈夫だ」

翡翠色《ひすいいろ》の瞳《ひとみ》が、勇気づけるように自分を見ている。

そうだ。弘人も力を認めてくれているからこそ間者《かんじゃ》の役などを負わせるのだろう。もう守られてばかりの弱い自分ではなくなった。

弘人に抱かれながら、美咲は自分のなかでゆっくりと覚悟がかたまってゆくのを感じた。

「いいか、もし陀羅尼坊に叛意があることがわかっても下手《へた》に動いてはだめだ。五日後の早朝に館を抜け出すまでは、この郷の女になるのだと思いこませてやつを油断させておくんだ」

言い聞かせながらも、弘人の右手は美咲の心をさぐるように頬《ほお》に伸ばされる。

「できるか？」

いたわるような声音《こわね》で問われる。

彼にも躊躇《ちゅうちょ》があることがわかった。いまここでいやだと言って泣いてせがめば、きっと家につれて帰ってくれるのにちがいない。そういう余地があることは、厳しい言いつけとはうらはらな優しい表情からありありと見てとれるのだった。

美咲は目を伏せて、弘人の手に自分の手をかさね合わせた。

いつも自分を想って差し伸べられるこの手。郷へ来てからずっと恋しくて求めていたぬくもりだ。このまま甘えていたいと思う。

けれど美咲は弘人の手を自分からそっとひきはがすと、無言で頷《うなず》いて意思を伝えた。

大丈夫。頑張ってやってみる。あたしも橘屋の跡取りだもの。

美咲は深く息を吸いこんだ。心と体のすみずみに、ゆっくりと自信が満ちてゆくのを感じた。

「そろそろ行くよ」

美咲の気持ちの変化を見届けた弘人が静かに言った。

「待って。……ヒロも、気をつけて」

美咲は、こんどは自分が弘人の頰《ほお》を両手で愛《いと》しむように包みこんで、かるく口づけた。

こっちからするのははじめてだったが、ためらいはなかった。自分がだれをどれだけ想っているのか、はなれている間にはっきりした。自分が、どうなりたいのかも——。

「いまはこういうことをしてはだめだ。はなれられなくなる」

弘人がめずらしく困ったような顔を見せて言う。

「したくなったときは自分からすればいいって、ヒロが言った」

「そうだったな」

弘人は力なく笑った。

口喧嘩をしたのが、ずっと昔のことのように思えた。

「あたし、ぜったいにヒロのお嫁さんにしかならないから……」

美咲は強い焦《あせ》りをおぼえながら告げた。いざはなれるとなると、なにか急に胸騒《むなさわ》ぎがして口にせずにはいられなかった。

「ああ。わかってるよ」

弘人は微笑《ほほえ》んで頷いた。五日後には必ずまた会えるとわかっているのに、これが最後のような気がして胸がきしんだ。

せつないものがこみあげてくるのに耐えながら、美咲は弘人を見送った。

反物が風に煽《あお》られてひるがえる。薄紫の色が、唐紅《からくれない》の色が、青海波《せいがいは》の紋様が、ふたりを分かつようにひらひらと泳ぐ。

弘人はそのまま、反物の間《あわい》に消えるように去っていった。

2

その日、陀羅尼坊《だらにぼう》が戻ったのを確認した美咲《みさき》は、彼のいる東の館《やかた》にこっそりと足を運んだ。

弘人《ひろと》と会ったことがひょっとしたらばれているのではないかと恐れていたが、とくに追及されることはなかった。知られていないようだ。

陀羅尼坊は手下たちと一緒に座敷《ざしき》にこもった。引き続きなにかを話し合うのだろう。

手掛かりがつかめるかもしれないと思い、美咲はさっそく縁《えん》の隅に身をひそめて盗み聞きをすることにした。

「いったいどういう染法《せんぽう》なのだ?」

陀羅尼坊の声がする。

「わかりません。現物はようやくこれに」

一同は車座《くるまざ》になって話をしている。手下のひとりが真ん中に置かれたたとう紙を開いて、中から女物の着物をとり出した。

戸を開け放ったままなので、会話はまる聞こえである。

「この赤をご覧ください。紅花《べにばな》ではない、茜《あかね》や蘇芳《すおう》から表現したものとも思えない色合いです」

手下が着物を手に取って示す。

「鮮烈でとても安定した色を出しているな。ムラがまったくない」

「入手した女子《おなご》が申すには、変色や褪色《たいしょく》にも強いとかで……」

美咲はふと、弘人と茶会に着てゆく振袖《ふりそで》を買いに行った『更紗屋《さらさや》』の番頭《ばんとう》が、最近発色のよい着物が多く出回っているとか言っていたことを思い出した。これのことだろうか。

「しかし染元が非公開というのは妙だ。なぜひた隠しにする必要がある?」

「先方からしつこく言い渡されているようで」

「染色技術を守りたいからか?」

「あるいはなにか知られてはまずい事情があるのでしょうな」

「八彦《やつひこ》めも、そのあたりのことは頑として吐きませぬ」

八彦というと、指を切られそうになった罪人の名である。小朱《こあか》が、染め物に関する極秘情報を外に持ち出したのだとか言っていた。この件にもかかわっていたようだ。

「実際に末端の者には知らされていないのかもしれぬな。噂《うわさ》に聞いている『雲州屋《うんしゅうや》』がそれだとしても、その染元自体が架空《かくう》の組織の可能性もある」

「ではこの品はいったいどこが染めているというのです？」

「うむ、それは謎《なぞ》だ。つきとめねばならぬ。――ところでそなた、さきほどからそこでなにをしているのだ」

陀羅尼坊がいきなりこっちを向いたので、美咲はびくりとしてあわてて頭をひっこめた。

（ばれてる！）

しかし逃げたところでいまさらどう取《と》り繕《つくろ》うこともできない。美咲はその場に居直った。

「のぞきか。そなた、ようやくわしのことがあれこれ知りたくなったのだな」

そばにやってきた陀羅尼坊が、意外にも嬉《うれ》しそうに美咲を覗《のぞ》きこんで笑った。

「そ、それは確かにそうなんだけど……」

美咲はちくりと良心が痛むのを感じながら、申し訳なさそうに肩をすくめる。

「なにか問題がおきているの？」

さりげなく美咲は顔をつっこんでみる。

「この着物を見てみよ。美しいだろう。最近裏町で出まわっているものだ。一部の呉服店《ごふくてん》で取り扱われているのだが、染元がどうもはっきりしない」

陀羅尼坊はそう言って、話題にのぼった女物の着物を見せてきた。淡《あわ》い山吹色《やまぶきいろ》に四季の草花をちりばめた柄物《がらもの》だが、たしかに花びらなどの染めが色鮮やかである。

「きれいね。発色がいいというのかしら」

素人《しろうと》では正直なところよくわからないが、まろやかで淡い色合いのものが多い裏町の着物の中では目新しくて斬新《ざんしん》な感じがする。

「異常に安価なのも気になりますな」

別の天狗が眉《まゆ》をひそめて言う。

(商売敵《がたき》についての話し合いって感じね……)

美咲は内心がっくりと肩を落とした。

結局この日は染め物の話題ばかりで、謀反《むほん》のむの字も出てこなかった。

その夜、美咲は弘人に言われたとおりに忘れないよう報告書をしたためた。

墨《すみ》と筆は、手習いがしたいと適当なことを言って小朱にもってこさせた。

今日あった出来事を書く。陀羅尼坊と交《か》わした会話を中心に。とはいっても、どうでもいいことしか喋《しゃべ》っていないから大した内容にはならない。朝餉《あさげ》に使われた食材の話、女天狗《めてんぐ》の噂話、さきほどしていた染め物の話、等。

そういえば、あの着物は実際にどこで染められたものなのだろうとすこし気になり、ヒロはどう思いますかと報告書のなかでたずねてみる。

筆を動かしながら、だんだんせつなくなってきた。

はやく弘人に会いたい。途中からほとんど恋文《こいぶみ》になってゆく。

美咲はいったん筆を置いて、ごろりと畳《たたみ》の上に仰向《あおむ》けになった。

こんなきれいな髪飾りも着物も、おいしい食べ物もいらない。はやくうちへ帰りたい。弘人と一緒に――。

けれどそんな弱音を吐いていてはいけない。

自分には果たすべき仕事があるのだ。

美咲はふたたび起き上がって文を締めくくると、息をふきかけて墨が乾くのを待った。

五日後には弘人に会ってこれを渡せる。

心がかよい合っているのを確かめるみたいで、美咲はすこしだけ幸福な気持ちになった。


偵察《ていさつ》をはじめて二日目のこと。

朝から陀羅尼坊は不機嫌《ふきげん》だった。

いつもなら染職人らのもとへ見まわりに出かける頃なのに、美咲が動向を探ろうと東の館に向かうと、彼は広縁《ひろえん》に面した座敷で、均整《きんせい》のとれたしなやかな肢体《したい》を畳の上に投げ出して寝転がっていた。

「働き者のあんたが朝からごろごろして、めずらしいわね」

美咲は広縁からひょっこりと顔をのぞかせて言った。

「うるさい。二日酔いで頭が痛い」

陀羅尼坊は眉間《みけん》のしわを深めて言った。そういえば、顔がいつもより青白く見える。

「天狗のくせに、お酒に弱いの？」

現《うつ》し世《よ》に伝承《でんしょう》されている天狗が赤ら顔なのは、酒のせいだといわれている。天狗はみな酒が大好物で、酒には強い生き物だと思っていた。

「飲めないなら飲まなきゃいいのに」

美咲は陀羅尼坊のそばにぺたりと座りこんで言った。

「紺屋《こんや》仲間の会合で無理やり飲まされるのだ」

陀羅尼坊はぐったりとしていていつもの覇気《はき》がない。ほんとうに具合が悪そうだ。

「そうだ。小豆《あずき》のお粥《かゆ》を作ってあげましょうか？　厨《くりや》はどこだっけ」

小豆が異界の住人の二日酔いに効くことを美咲は知っていた。

「妖怪の嗜好《しこう》に詳しいのだな」

陀羅尼坊が感心したように眉をあげた。

「妖怪の料理本に書いてあったの。うちにも酔っ払って帰ってくる人がいたから研究したのよ」

弘人が二日酔いになることは滅多《めった》になかったが。

ふと陀羅尼坊が半身を起こし、美咲をじっと見つめて言った。

「最近本気で考えるようになった。そなた、ほんとうにわしの妻にならぬか」

やけに真摯《しんし》な目をして告げるので、美咲は面食らった。

「なによ。いままでの乱暴な口説《くど》き文句は嘘《うそ》だったの？」

「嘘だ。……いや、ほんとうだ。ちがった、やっぱり嘘だ」

「どっちなのよ」

妙な反応だった。そういえばこれまで肝心《かんじん》な科白《せりふ》を吐くときは、きまって目をそらしていた。

そのたびに妙な感じがしたものだ。

「ねえ、あたしは橘屋《たちばなや》の娘よ」

美咲は表情をあらため、注意深く言った。

「それがどうした？」

陀羅尼坊はふたたび気《け》だるそうに畳に臥《ふ》せる。

「そのことに不都合を感じたことはない？　その……あたしを嫁にするにあたって」

「なぜそんなことを問う？」

こんどは陀羅尼坊のほうが、目だけをこちらに向けてけげんそうに訊《き》きかえしてくる。

「あんたの中に、橘屋を嫌う気持ちとかはないのかなって思って……」

頭では、彼がどうにか叛意《はんい》をほのめかさないかしらと美咲は期待していた。

「なぜ世話になっている相手を嫌わねばならんのだ。うちはもう何百年も、そなたの店と取り引きをしているのだぞ」

美咲の問いかけが、どうにも腑《ふ》に落ちない様子で陀羅尼坊は答える。直感的に、彼が嘘を言っているようには見えなかった。

「そ、そうよね。なんでもないの。変なこと聞いてごめん。それより厨はどこ？」

「西の館の奥にあるが……」

「そう、ありがとう。小豆粥を作ってくるわ」

美咲は話を切り上げると、面と向かってこんなことを訊いているようでは間諜《かんちょう》失格なのではと自問しつつ、いそいそと厨へと向かった。

3

その後も、陀羅尼坊《だらにぼう》はあいかわらず郷《さと》の染め物業の差配に精を出して館《やかた》を空《あ》けることが多かった。

なにか悪巧《わるだく》みのために出ていくのかと期待して、はじめは一緒についていったりもしていたのだが、実際にまっとうに仕事をこなしているだけだ。

館に住みこみで働いている小朱《こあか》ら世話係の女天狗《めてんぐ》たちと、絵かるたや貝合わせなどの昔ながらの退屈な遊びをしながら探りを入れてみたりもしたが、大した情報は得られない。

ときおり学校のことが気になった。郷へ来てから日数が経《た》っているから、もうかなり休んでいることになる。英単語も数学の公式もすっかり忘れてしまった。成績はまちがいなく落ちてしまうだろう。

この郷にいるのはいやだが、一方で、隠《かく》り世《よ》のこのひと昔まえののんびりした暮らしも悪くないなと美咲《みさき》は思ったりもする。

それに、弘人《ひろと》と会う前と会った後とでは、郷の景色はまるでちがって見えた。いまは陀羅尼坊のことを探るという目的がある。ここに立っている意味があるのだと思える。

そうして四日が過ぎ、美咲はついに弘人との約束の日を迎えることとなった。つまり、星月《ほしづき》夜《よ》でもある婚礼の日を。

早朝、美咲は西の館の寝間《ねま》でじっと考えていた。

謀反《むほん》に関しては、この日まで結局なにもつかめなかった。

（つかめないというより、もともとうしろ暗いところなんてなんにもないのよね……）

美咲の出した結論はそれだった。

陀羅尼坊は、気性《きしょう》は荒いが仕事には熱心で、常に染め物と郷人のことを第一に考えている。橘屋《たちばなや》に恨《うら》みがあるでもなく、裏町を我《わ》が物にといった野心を燃やしているふうでもない。どう見ても潔白《けっぱく》なのである。

日の出が近い。

小朱がゆうべ用意して置いていったいつもの小袖《こそで》に着替える。ここへ連れてこられたときは制服を着ていたが、もう処分されてしまっただろう。

したためた日報を懐《ふところ》にしまって支度《したく》を整えた美咲は、まだ薄暗いうちに、となりの部屋で眠っている小朱に気づかれぬようにこっそりと寝間を抜け出した。

東の館も、真夜中とおなじようにしんと静まり返っている。

（まだだれも起きていないわ……）

館の住人たちの起床《きしょう》時刻はもうすこしあとのことで、この時間帯が安全であることは、すでに確認ずみだった。

美咲は縁《えん》の下にあらかじめ支度しておいた履物《はきもの》をはいて、そのままひたひたと足早に門のほうへ向かった。

緊張で胸がどきどきした。

怖いぐらいにうまく事が運んだ。

（これでこの軟禁《なんきん》生活ともおさらばだわ）

抜き足で門までたどり着き、扉を少し開けてするりと館の外に出たとき、もはや半分この郷から自由になった気がして嬉《うれ》しくなった。

あとは『飛天間』で待つ弘人の胸に飛びこむだけだ。心の中で笑っていた。

しかし、それはかなわなかった。

美咲ははっと息を呑《の》んで足を止めた。棟門《とうもん》の横で、築地塀《ついじべい》に背をあずけて自分を待っている男がいた。

「夜も明けぬうちからどこにいくのだ」

暗がりだったが、声でそれが陀羅尼坊だとわかった。

陀羅尼坊は美咲のほうへやってきた。日の出に迫られて、西の空に傾きかけた紅蓮《ぐれん》の月が彼のいかめしい表情を浮かびあがらせている。

「あ……」

美咲は固まった。ひやりと背に冷たいものが走る。

「大事な婚礼の日だというのに。……どこにも行かせぬ」

陀羅尼坊が低い声で冷ややかに告げた。

美咲は愕然《がくぜん》となった。なぜ知っているのだ。自分が逃げ出そうとしていることを——。

「ここ数日、やけにおとなしいと思ったら、すべて芝居だった。そなたが想《おも》っているのは、やはりあの鵺《ぬえ》なのだな」

美咲はきまり悪くなってうつむいた。

たしかに陀羅尼坊の人となりはだんだんわかってきた。時間をかければ、理解し合える相手なのかもしれないといまは思うけれど、男として惹《ひ》かれているわけではない。

従順なふりをして、自分の心と相手をだますのは思いのほかつらかった。

「行くな。今日は館からは一歩も出さぬぞ」

陀羅尼坊はそう言って美咲に詰め寄り、彼女の細い手首を捕らえる。

「なぜ、あたしが今朝ここを出ていくことを知っているの……」

美咲は弱々しい声で訊《き》いた。反物の間《あわい》で弘人と会ったのを見られていたのか？　しかしあの日、陀羅尼坊は郷の外へ出払っていたはずだったし、まわりにはだれひとりとしていなかった。

「そなたがあの鵺と会っているのを、見ていた人物がいるのだ。目目連《もくもくれん》をとおして」

「目目連……！」

目目連とは廃家《はいか》の障子《しょうじ》に現れる目の妖怪だが、これを使役《しえき》することで、貼《は》りつけた相手の行動を遠方から透視することができる。

「気づかなかったか。そなたの小袖の背には、いつもそれが仕込まれていたのだぞ。わしはその方《かた》からの情報を得て、そなたをいつも見張っていた」

陀羅尼坊はかすかに笑みながら言う。

美咲は背中に目をやった。ここに、目目連が貼りつけてあったとは。これまでも毎朝、着替えるたびに新しく貼りつけられてきたという。

「そんな……」

美咲はなにか絶望的な気持ちになる。この郷であった出来事は、すべて筒抜《つつぬ》けだった。

「でもだれなの、あたしを見ているそのお方っていうのは！」

急に核心に近づいた。それこそが謀反《むほん》を起こそうとしている張本人なのではないか。

ところが陀羅尼坊はそれには答えず、美咲を強引に引きよせた。

「それは婚礼が無事にすんでから教えてやろう」

「きゃ」

体に力が加えられて、ふわりと美咲の身が傾《かし》いだ。そのまま彼の肩に担《かつ》がれるような格好で強引に館に連れ戻される。

「はなしてよ、陀羅尼坊！　あたしは、あんたの嫁になんかならないわ！」

美咲は全身で暴れながらも、心の中でこの男が、弘人の言ったとおり謀反に加担《かたん》していることを確信した。自分を監視することや婚礼が、それにどうかかわっているのかはいまいちわからないのだが――。

そのころ『飛天間《ひてんま》』では、弘人たちが館を抜け出してくるはずの美咲を待っていた。

無人の一階は、明け方になって燭台《しょくだい》のろうそくも燃えつきたため薄暗い。

「遅いっすね、お嬢さん」

雁木小僧《がんぎこぞう》がつぶやいた。もう、東の空は白《しら》み始めている。

「今日のこの日に、いよいよなにか動きがあったっての？」

劫《めぐる》が焦《あせ》りを隠せずに言う。

郷人に探りを入れても、依然《いぜん》として謀反に関してはなんの情報も得られなかったのだが。

「あるいは単に美咲がへまをやらかして、館に足止めを食らっているだけかもしれない」

弘人は淡々と言う。

（時間が迫っている……）

婚礼がとりおこなわれるとしたら今夜なのだ。せめて昨日のうちに郷から引きあげるべきだったか。美咲の身を案じる気持ちはあるが、陀羅尼坊の陰謀《いんぼう》はきっちりここであきらかにしてさっさと片をつけてしまいたいという欲があった。

「館に行ってくる」

弘人が痺《しび》れを切らして言った。

「ひとりでか？」

劫がたずねる。

「おまえたちはここで美咲を待て。すれちがいになる可能性もある。もしおれが戻らなくても、美咲を連れて先にこの郷を出ろ」

弘人はそう言って化《ば》け猫《ねこ》が用意してくれた美咲の分の通行手形を雁木小僧に手渡した。

深刻な面持《おもも》ちのまま押し黙っているふたりをあとにして、弘人は『飛天間』を出た。

どのみちあの求婚の羽根《はね》を美咲がうけとった時点で、陀羅尼坊とはやりあう運命だった。彼に謀反気《むほんぎ》があろうとなかろうと。

外に出ると、白々《しらじら》と夜が明け始めていた。

館の門は、あいかわらず不用心にも開け放たれたままで見張り番もいない。夜通し開けているのだろうか。

弘人はひと気《け》のないのをたしかめてから、門をくぐってするりと敷地内に侵入した。

庭を横切って、以前、美咲が陀羅尼坊と一緒にいるのを見た西の館へ向かってみる。

注意深くあたりを見まわしてから縁に近づき、館にあがって慎重《しんちょう》に歩を進める。

美咲は中にいるだろうか。

夜這《よば》いをかけに来た男のようだと思いながら、静かに障子戸《しょうじど》をすべらす。

ひとつめの部屋にはだれもいない。その奥の間《ま》が寝間《ねま》になっているようだったが、夜具はもぬけの殻《から》だ。弘人はいったん縁に戻って、そのとなりの部屋の障子戸を開けた。ここも無人である。

気配を感じつつさらにその奥の間に行くと、そこでは下働きとおぼしき小袖袴《こそでばかま》姿の羽根族の女がひとり、夜具を片づけていた。

「ひいいっ」

振り返って襖《ふすま》の隙間《すきま》に弘人を見るなり、女は金切《かなき》り声をあげた。

弘人はあわてて女に近より、背後から羽交《はが》い締《じ》めにして手でその口を塞《ふさ》いだ。

「声をたてるな。橘屋だ。おとなしく質問に答えろ。この館に連れてこられた妖狐《ようこ》の娘はどこだ」

声を落とし、矢継ぎ早に問う。

女ははじめ押さえつけられた背中の羽根をバサバサと動かして抵抗していたが、力でかなう相手ではないことを悟ったらしく、やがて静かになった。

「言え。どこにいるんだ?」

弘人が手をずらし、声だけ和《やわ》らげてふたたび問うと、

「み……美咲様はここにはいない」

女天狗は震える細い声で答える。

「裏の蔵《くら》に監禁《かんきん》されました。館を出て別の男に会おうとしたのがばれて頭領《とうりょう》に捕まり……」

おまえがその相手だったのかという顔をして、女はこわごわと背後の弘人を見やる。

「陀羅尼坊はどうしている？」

「ひ、東の館におられます……」

弘人は女を捕まえたまま袂《たもと》から龍の髭《ひげ》を取り出し、女の体を拘束《こうそく》する。

罪もないのに縛《しば》りあげるのも忍びないが、騒がれては面倒《めんどう》だから致《いた》し方《かた》ない。

女は妖気を奪われ、細く声をあげて気を失った。

「すまない。しばらくこのままで」

弘人はそう言い残してその場をあとにした。


山の端から日がさしはじめていた。

あいかわらず館はしんと静まり返っている。

裏手にまわると、たしかに蔵がひとつあった。外に見張りはいない。もっとも、蔵に閉じ込められた者が自力で出られるはずもないのだが。

弘人は蔵の前まで来て閂《かんぬき》をはずすとき、妙な感じにとらわれた。ここまでたどり着くのに、あまりにも簡単すぎた。まるで筋書きに沿って動かされているかのようだ。

一瞬ためらったものの、ひとまず閂を外して戸を押し開いた。

中には手足を縛られて憔悴《しょうすい》した美咲が横たわっているか――？

しかし蔵の中に入った瞬間に、やはりここへ来たのがまちがいだったことに気づいた。

美咲はいない。あるのは彼女の気配ではない。

(上か！)

強い妖気に煽《あお》られて、弘人は顔をあげた。

ばさり！　という音がした。頭上に、羽根を広げた陀羅尼坊が迫っていた。

気づいたときは遅かった。

「かかったな、橘屋！」

陀羅尼坊が叫びながら、手のひらを広げたような形の天狗の羽団扇《はうちわ》をひと扇《あお》ぎすると、蔵内に妖気をはらんだ風がおこった。

護身《ごしん》の結界《けっかい》を張る間《ま》もなかった。弘人は強烈な痺《しび》れに襲われ、軽く呻《うめ》きながら地面に崩れ落ちた。

陀羅尼坊の両どなりにいた天狗が即座に地に降りてきて、横たわる弘人の身柄《みがら》をうしろ手にして一気に縄で縛りあげる。

「残念だったな。美咲はここにはいない」

最後にゆっくりと床に降り立った陀羅尼坊が、弘人を見下ろしながら告げる。

「クソ！」

弘人は全身にまとわりつく痺れを払おうとするが、うまくいかない。天狗の繰《く》り出す妖術は

複雑で、威力《いりょく》がはかり知れない。

「そなたが郷に入ったと、さる人物から知らせがあってな、ネズミ取りを仕掛けたらこのザマだ。そなた、ひとの郷に無断で潜《もぐ》りこんで、何用だ？」

陀羅尼坊は勝ち誇った表情で弘人を見下ろしながら、問いかける。

「許嫁《いいなずけ》を迎えにきた」

弘人は激しい痺れに顔をしかめつつ、かすれた声で答える。臓腑《ぞうふ》が握りつぶされるようだ。

「ほう。わしの許嫁を、か？」

陀羅尼坊はにやりと嘲笑《ちょうしょう》を浮かべる。

「ちがう。おれの許嫁だ。あの女はおれのものだ」

弘人は陀羅尼坊を睨《にら》み据《す》えて返す。

「さる人物とはだれだ？」

弘人は問う。それが反逆者の黒幕か。

「そなたに話す義理はない」

「おれは酉《とり》ノ分店《ぶんてん》に婿《むこ》入りするつもりだ。そういう話を耳に入れたことはなかったか？」

知っていながらよくぞかどわかしをやってのけたなと遠回しに言ってやった。が、

「だったらどうだというのだ。橘屋に遠慮する気など、はじめから持ち合わせてはおらぬわ」

陀羅尼坊は尊大に返す。

「うちと仕着せの取り引きがなくなってもいいのか」

「脅《おど》しているつもりか。……よいぞ。橘屋が贔屓《ひいき》にしてくれずとも、卸先《おろしさき》ならば十分間にあっているからな」

陀羅尼坊は余裕の笑みを刷《は》いて続ける。

「美咲はそなたには返さぬ。今宵、予定通り婚礼の儀をとりおこなう。そしてこの夜のうちに、あの娘はわしのものになる。そなたはその瞬間を、ここでひとり指をくわえて待っているのだ」

弘人は自由のきかぬ体に苛立《いらだ》ち、ギリギリと歯を食いしばった。

もっと慎重《しんちょう》に行動すべきだった。陀羅尼坊と美咲が睦《むつ》まじくしている姿を見たときから、なにかがおかしくなった。

この男を高野山《こうやさん》送りにすれば、完全に美咲から引きはなすことができて安心だ。だからたぶん、捕らえるための理由がほしくて躍起《やっき》になっていた。店の仕事というよりは、個人的な感情で動いていたように思う。色恋がからむと冷静な判断を欠くのでどうもいけない。

「そなたは母親に似ているな。親子そろって、翡翠石《ひすいせき》のような美しい眼《め》をしている」

ふと腰をかがめて弘人を覗《のぞ》きこんだ陀羅尼坊が、子供が昆虫でも観察するような好奇心に満ちた顔でしみじみと言った。

さきほどまで面《おもて》にゆれていた剣呑《けんのん》な色が一切消え失せ、妙に澄んだ目になっているから弘人は驚いた。ころころと印象の変わる男である。


「おまえのほんとうの目的はなんだ。なぜ橘屋にたてつくようなマネをする？」

弘人は痺れに耐えながらも、あらためてもう一度訊《き》きなおしてみた。

しかし陀羅尼坊は我《われ》に返ったように立ち上がると、

「目的はあの女子《おなご》を娶《めと》ることだけだ。それにはそなたが邪魔《じゃま》だからこうして捕らえてやったまで。——ほかに動機などない」

胸を張ってきっぱりと言った。

それから弘人に背を向けると、さっさと蔵を出ていってしまう。

ふたりの手下もそれにならい、ほどなく外側から閂を下ろされて、弘人は完全に蔵に閉じこめられた。

弘人は、陀羅尼坊の残していった妖気を、体内からゆっくりと時間をかけて駆逐《くちく》していった。痺れがなくなれば、縄抜《なわぬ》けはじきにできたが、出口が塞がれているのでどうにもならない。

重厚な鉄の扉だから、体当たりしてもびくともしない。妖力《ようりき》を使ってもさすがにこの鉄扉《てっぴ》を壊すのは厳しそうだ。それこそ雷神《らいじん》でも呼べれば話は別だが。

「まずいな……」

『飛天間』の劫や雁木小僧はどうなっただろう。陀羅尼坊に存在を知られていなければ、彼らが美咲を助け出して無事に郷を出てゆけるかもしれないが、あまり期待はできそうにない。

「時間がない……」

婚儀は今日の夜だ。

弘人は蔵の冷たい壁にもたれ、脱出する手立てを考えはじめた。

4

美咲《みさき》は、衣桁《いこう》にかけられた白打掛《しろうちかけ》をぼんやりと見ていた。

日は落ちて、室内には紙燭《しそく》が灯《とも》されている。

「空を見た？　いい婚礼日和《びより》になったわよ」

部屋に入ってきた小朱《こあか》の涼やかな声に、美咲ははっと顔をあげた。

朝、陀羅尼坊《だらにぼう》に連れ戻されて以来、四六時中《しろくじちゅう》数人の手下どもに見張られて過ごし、もう婚礼の儀をとりおこなう時刻を迎えてしまった。

「ちょいと、あなたも外をごらんになりなされ」

小朱にせっつかれ、美咲はしぶしぶ広縁《ひろえん》に出て夜空を見上げてみた。

隠《かく》り世《よ》では滅多《めった》に星が出ない。少なくとも美咲は見たことがない。いつもなら見ているとうすら寒くなるような紅蓮《ぐれん》の月だけがかかっているのに、この夜は違った。

「星が……」

美咲はあまりの美しさに息を呑《の》んだ。美しすぎて鳥肌が立つほどだ。

赤紫《あかむらさき》と群青《ぐんじょう》がまだらに溶け合った夜空に、数えきれない無数の星が降るように広がっている。大小さまざまな星々の瞬《また》き。細かいダイヤを空いっぱいにちりばめたような、見事な星月夜《ほしづきよ》である。

「きれい……」

見上げているうちに、自分が夜空に吸いこまれてしまいそうな錯覚《さっかく》にとらわれた。

「占《うら》どおりに星が出たわ。そのことがまさに吉兆《きっちょう》のしるしなのよ。あなたと頭領《とうりょう》はきっと幸せになれるわ」

小朱の科白《せりふ》に、美咲はにわかに顔をくもらせた。

（ヒロはどうしたかしら……）

約束の時刻に『飛天間《ひてんま》』に行くことはできなかった。なにかあったのだということはわかっているだろう。しかしこの時間まで彼らがなんの行動もおこしてこないのも妙だ。

すでに悶着《もんちゃく》があって捕らえられてしまったのだろうか。小朱はなにも言っていないが、こっちから訊《き》くのもかえって藪蛇《やぶへび》のように思えてできない。不安ばかりが膨《ふく》れあがる。

「さあ、婚儀の支度《したく》をするわよ」

「待って」

小朱に急《せ》かされ、美咲はさすがに焦《あせ》りを隠していられなくなった。

「あたし、頭領とは結婚できないわ」

縁に目を落として小声でつぶやく美咲を見て、白打掛に手を伸ばしかけた小朱がその手を止めた。美咲は小朱のそばに戻ってからもう一度告げた。

「あたし、ほかに想《おも》っている人がいるの。なのに頭領と一緒になるなんて――」

彼女の思いきった告白に、小朱がはたと顔をあげた。

「なにを言うの。もう郷《さと》の者にもふれが出ているのですよ。いまさら頭領の顔に泥《どろ》を塗るようなマネをしてはいけないわ」

小朱は美咲の科白を咎《とが》めるように遮《さえぎ》って言う。こっちがびっくりするような険《けわ》しい顔をしている。

「婚儀は予定通りとりおこなうぞ」

男の声がして、美咲ははっと振り返った。

「陀羅尼坊……」

白装束《しろしょうぞく》に黒い篠懸《すずかけ》をまとい、梵天袈裟《ぼんてんげさ》とは別に豪奢《ごうしゃ》な襷《たすき》を下げた陀羅尼坊が縁に立っていた。

いつもとは若干《じゃっかん》異なり、礼装めいたいでたちである。

いつの間《ま》にかこっちの館《やかた》に来ていたようだが、気配に気づけなかった。

「いやよ……」

美咲は弱々しい声をもらす。

「ならぬ」

「だって、あんたのことなんか愛していないんだもの！」

もう隠していられない。堪《こら》えていたものを吐き出すように、眉根《まゆね》をしぼって美咲は訴えた。

「かまわん。あの鵺《ぬえ》の命が惜しくば言うことを聞け」

陀羅尼坊は仁王立《におうだ》ちのまま厳然と命じる。

「なんですって？」

美咲はぎくりとして陀羅尼坊を見た。

「あやつは蔵《くら》の中に閉じこめた。無事、婚儀を終えてわしらが結ばれるまでは、そこから一歩も出さぬ」

「どうして……、ヒロが捕まるなんて……！」

「そなたを助けに入ったところを、小朱を使って蔵におびきよせたのだ。色ぼけしている者の足をすくうのは簡単だったぞ」

陀羅尼坊はそう言ってふっと口の端《は》をゆがめる。

美咲は青ざめて小朱を見た。小朱は無表情のまま目を伏せた。

館に自分を助けに入ったのは弘人だけなのか。劫《めぐる》たちはどうなのだろう。しかしこれはいまここで訊かぬほうがいい。

「そなたが逆らうのなら、あの者の首を切り落とす。おとなしく婚儀をすませ、わが妻となってこの郷にとどまることが、あやつの命を救うことに繋《つな》がるのだと思え！」

陀羅尼坊は気迫に満ちた目で射《い》るように美咲を見て言った。こんどは冗談で脅《おど》しているようには見えない。

「こんな無理強《じ》いして幸せなの？　結婚なんかしたってうまくいかないに決まってるわ」

美咲は吐き捨てるように言う。

「そなたがあの鵺を忘れるまでの辛抱《しんぼう》だ」

陀羅尼坊は傲然《ごうぜん》と返す。その日はじきにくるという自信満々の目をして。

「一生かかっても無理よ！」

「してみなければわからぬ！」

陀羅尼坊は退《ひ》かない。

言い合っている間にも小朱たちの手によって美咲の腕には袖《そで》が通され、体の自由を奪うかのように清らかな白無垢《しろむく》が着せつけられてゆく。

鶴《つる》の飛翔《ひしょう》の織りこみが美しい、まばゆいばかりの白打掛だ。

「やめて……」

美咲はか細い声でつぶやく。けれど、ここで抵抗することは弘人のために許されない。

それに、求婚を拒《こば》んで残酷な目に遭《あ》った娘の話がいまになってまた脳裏によみがえってきた。

「約束して、陀羅尼坊。あたしとの式が無事にすんだら、ヒロは必ず自由にしてあげるって」

美咲は懇願《こんがん》した。ひとつの望みもかなわずにこの天狗《てんぐ》の言いなりになるのはいやだ。

「よいぞ。明日の朝には解放してやろう。そなたがわしのものになってからな」

陀羅尼坊は酷薄《こくはく》な笑みを浮かべて言う。

わしのものになる——その言葉の意味するところを考えて美咲は鳥肌が立った。

子供みたいなところもあるのに。美咲はやっぱり陀羅尼坊がわからなくなる。

「こっちを向きなされ。あなたは妖狐《ようこ》だから、顔にそれを示す化粧を施《ほどこ》さねばならないわ」

小朱は無慈悲《むじひ》にもそう言って、化粧道具を支度して待っていた別の女天狗に合図を送る。

女天狗が、美咲の頰《ほお》や額《ひたい》に刷毛《はけ》をすべらせ、うっすらと白粉《おしろい》を刷《は》いてゆく。

細い筆で、鼻筋をなぞるように白い色の線をひく。

それから頰にも髭《ひげ》をあらわす三本の線。

瞼《まぶた》を彩《いろど》り、目張りを入れて、狐《きつね》の目を描きだす。

赤い紅《べに》がひかれて、化粧は終わる。

次いで、髪を結いあげられ、角隠《つのかく》しがかぶされる。

美咲は弘人のことを想ってじっと耐えた。まだ希望はあるような気がしていた。

婚礼さえ終えて、弘人の身が自由になればなんとかなる。たとえこの身が陀羅尼坊のものになろうとも、こんなところで自分たちが終わるなどとはどうしても思えない。

それに、いつか自力で郷から逃げ出すチャンスだって巡ってくるかもしれない。

だから美咲は黙って耐えた。

「あなた、とてもきれいよ。お人形のようだわ。鏡をごらんなさいな」

小朱が興奮した様子で手鏡をよこす。

美咲は不愛想《ぶあいそう》に横を向いていたが、すこしは気になったので鏡面に目をうつした。

鏡の中には、美しく造られた狐顔の花嫁がいた。

ああ、幼いころ、こんな不思議な化粧をほどこした花嫁を見たことがある。夜の裏町で、一度だけすれちがった花嫁行列。

ハツは言った。あれは獣型《けものがた》の妖怪が人型をとって嫁《とつ》ぐときにするめでたい化粧だ。おまえもいつかすることになるかもね。もし隠《かく》り世《よ》の男と一緒になるのなら――。

あのとき、花嫁は幸せそうだった。鬼火に照らし出された、神々《こうごう》しくもやわらかな笑み。

けれどいまの自分に、あんな顔はできない。

「美しいな、美咲……」

すこしはなれた場所で支度を見守っていた陀羅尼坊が、まっすぐ美咲を見つめて言う。

紙燭の明かりをうけて黒々と輝く彼の双眸《そうぼう》には、白無垢姿の自分が映ってゆれている。

褒《ほ》められたって、すこしも嬉《うれ》しくなどなかった。自分が愛を言い交《か》わした相手はこの男ではない。

美咲は絶望的な気持ちで、陀羅尼坊から目をそむけた。

第五章　星月夜に婚礼を

1

ごとりと閂《かんぬき》のはずされる音がして、弘人《ひろと》は顔をあげた。

中に入ってこようとする者がいれば、そいつを始末して外へ出られる。あらかじめそう考えて朝からずっと鉄扉《てつび》の横に待機していた。

だれかが扉を押した。

「む」

戸が開いた瞬間に相手を制して逃げ出るつもりでいたのだが、現れた相手の気配を読んだ弘人は、護身《ごしん》の結界《けっかい》を張ってすみやかに蔵《くら》の奥のほうに後退した。

「陀羅尼坊《だらにぼう》だな！」

弘人は暗がりに浮かびあがった人物に確信をもって目を凝《こ》らす。そろそろ日が暮れる頃だと思ったが、婚礼まえに息の根でも止めに来たのか。

やられたらやり返さねば気が収まらない。どのみち謀反《むほん》の疑いがかかっているような男だし、美咲を助け出すにしても片づけねばならぬ存在である。

高みに飛ばれると厄介《やっかい》だから蔵の中でやりあうほうがいい。そう考えて中に戻った。間髪《かんはつ》をいれずに御封《ごふ》を飛ばし、陀羅尼坊を取り囲む。青白い稲妻《いなずま》が走って彼に打撃を与え、強力な妖気にびりびりと蔵の中の空気がぶれた。と、

「ちがう、ぼくだ！」

陀羅尼坊が苦しげな声をあげた。そこではじめて弘人は相手に違和感をおぼえる。

御封を放った状態でようすを見守っていると、陀羅尼坊は輪郭《りんかく》を失って劫の姿に変《めぐ》わった。

「一ノ瀬《いちのせ》、おまえ……。化《ば》かしの法か……」

弘人は驚いて、手を引いた。目のまえにいるのは陀羅尼坊ではなく、たしかに打刀《うちがたな》を背に携《たずさ》えた山伏装束《やまぶししょうぞく》の劫なのだった。見事なものだ。まったく気づけなかった。

「……あいつに化けて、手下からここの錠《じょう》を手に入れた」

劫は体にうけた衝撃をやりすごし、一息ついてから言った。

「それで、なんだ。女を横取りされた挙句《あげく》に檻《おり》に入れられた間抜けな男を笑いにきたのか」

弘人は平淡な声で問う。

「土蜘蛛《つちぐも》のときの借りを返しにきたんだよ。時間がかかって悪かったな。陀羅尼坊と手下の動きをつかむのに手間《てま》をくった……。しかしおまえって素直じゃないね。これだからプライドの高いやつは」

劫は弘人の反応に肩をすくめ、あきれたように言う。

「自己弁護のつもりなんだ。……それより美咲はどうなった？」

弘人がふたたび問う。陀羅尼坊は、劫たちの存在を知らなかったようだ。

「谷の上にある社《やしろ》に向かってる。白無垢《しろむく》だ。早くしないともう時間がないぞ」

白無垢――つまり、予告どおり花嫁衣裳《いしょう》で婚儀に臨《のぞ》んでいるということだ。

「阻止《そし》しにいこう」

弘人は劫をとおり越して、すみやかに出入り口のほうに向かう。

「かなり強そうな野郎だけど？」

うしろから劫が言う。

「頭領《とうりょう》はおれが討つ」

弘人が硬い声で宣言した。と、そのとき。

背後ですらりと抜刀《ばっとう》する音がした。

同時に背中で殺気をとらえ、弘人は瞠目《どうもく》した。

ふりかえりざま、劫が白刃《はくじん》をひらめかせて斬《き》りかかってきた。

しかし弘人も御封を放った。

「う！」

すんでのところで、打撃を食らった劫がよろめいて後退した。手から腕にかけてを、弘人の強い妖気をはらんだ青白い雷光がビシビシと締めあげてゆく。

「なんのマネだ？」

弘人が鋭く劫の目を見据《みす》えて問いただす。

緊迫した空気が蔵の中に満ちる。

劫はたしかに自分に刃《やいば》を向けた。

（こいつ、裏切り者だったのか――？）

しかし、そうではなかった。

「おまえ……、ほんとうに強いんだな、弘人」

劫は、ずしりと重みを増し、すさまじい力でみるみるうちに妖気を奪ってゆく御封の痛みに顔をしかめてやっとのことで返す。

「あたりまえだ」

「でもうっかり敵に捕まったけど」

「なんなんだ、おまえ。やっぱりおれを笑いにきたのか？」

劫から殺気が完全に消えうせているのをたしかめた弘人は、御封を取りのぞいて彼を解放してやった。

「いや、ちょっと試してみたかっただけだよ。ずっと、おまえなんかに美咲を幸せにできるのか疑問だったからさ」

劫は妖気の残滓《ざんし》をしめ出すように腕をふり払うと、背に携えていた鞘《さや》を外して打刀をきちんとおさめながら言った。彼らしい、素直な表情だった。

「こんなへまをやらかしているんだから、そう思われても仕方がないな」

弘人は自嘲《じちょう》ぎみに言って返す。美咲を守りきれていない。自分が逆の立場でも、劫とおなじことをしたかもしれないと思った。

「これ、おまえに貸してやるよ」

劫がそう言って打刀を差し出してきた。

弘人は劫の意外な行為に軽く目を見開いた。

「雷神《らいじん》も呼べないんじゃ、不安だろ」

「おまえに心配されてるようじゃ、おれも終わりだな」

弘人は苦笑しつつも、潔《いさぎよ》くそれをうけとった。劫が、美咲のことを自分に託《たく》したのだとわかった。

「行こう。そんで必ず美咲を連れて帰ろうぜ」

笑っていた劫だったが、最後のほうはしっかりと頰《ほお》を引きしめて言う。

弘人も無言のまま、強く頷《うなず》いた。

ふたりは蔵を出ると、谷の上にあるという社殿のほうへと向かった。

2

木々の梢《こずえ》が生暖かい夜風になびき、諸所《しょしょ》に浮かんだ鬼火が闇《やみ》に包まれた山道をおごそかに照らしだしていた。

神楽鈴《かぐらすず》の音が、星月夜《ほしづきよ》の空に涼やかに響きわたる。

白の千早《ちはや》に紅《くれない》の切袴《きりばかま》姿の女天狗《めてんぐ》に導かれ、長い花嫁行列は護世神《ごせいしん》の祀《まつ》られているという社《やしろ》の拝殿《はいでん》へと向かっている。

先頭に並んだ花嫁姿の美咲《みさき》と花婿《はなむこ》の陀羅尼坊《だらにぼう》の上には、夜露《よつゆ》を避けるように朱色《しゅいろ》の和傘《わがさ》が開いている。

参列者の男は白装束《しろしょうぞく》に黒い羽織、女は黒留袖《くろとめそで》姿で、みな一様に赤、白、黄、緑、紫色《むらさきいろ》の入った襷《たすき》のようなものを独特の形で首から結い下げている。陀羅尼坊の襷だけは銀糸金糸《ぎんしきんし》のほどこされたものだ。なにか、羽根族《はねぞく》特有のいわれがあるのだろうが美咲にはわからない。

豪奢《ごうしゃ》な襷に、引き締まった陀羅尼坊の面《おもて》はよく映《は》える。彼の右手に握られた錫杖《しゃくじょう》がこの祝いの儀式には似つかわしくないが、翼を出したその貫禄《かんろく》みなぎる堂々とした居ずまいはとりわけ存在感があった。

（どうして……）

美咲は、となりにいるのが弘人《ひろと》ではないのが、信じられなかった。

内黒羽根《うちくろばね》をうけとったとき、まさかほんとうにこんなことになるとは思わなかった。なんとか解決して、天狗《てんぐ》の求婚などなかったことになるのだと。

反物《たんもの》の間《あわい》で弘人と会ったとき、あのときもいずれ助かるのだと信じていた。

けれど迎えた現実はちがった。

美咲は、鬼火の光をうけて闇に白々《しらじら》と浮かびあがる自分が着ている美しい白無垢《しろむく》を見た。

これは愛する人と未来を共にすることを誓い合うために纏《まと》う衣装ではなかったのか。

あたしはだれと結婚するの――？

答えの知りたくない悲しい問いかけが、さきほどからずっと頭の中をぐるぐると巡っている。

肩にかかる打掛《うちかけ》の重みは、決して幸せの重みではない。

（でも、ここで終わらせたりはしないわ）

美咲はそう自分に言い聞かせて歩をすすめた。弘人にここから自由になってもらうために、この一歩が、彼を、ひいては自分を助けることになるのだと言い聞かせて。

ところが、拝殿の前にさしかかったときのことだった。

「頭領《とうりよう》、あれを……」

花嫁行列を導いていた女天狗が立ち止まって動揺した声をあげた。

女天狗が指さした社殿の前には白木の八足台《はっそく》が設《もう》けられ、朱三宝《しゅさんぼう》の上に三ツ《みつ》重盃《がさねはい》が整えてある。そこで三献《さんこん》の儀をとりおこなうのだとわかった。

長柄銚子《ながえちょうし》を持った、祭主とおぼしきふたりの巫女《みこ》天狗がその前に待機している。

しかし、彼女らの喉《のど》もとには、抜身《ぬきみ》の打刀《うちがたな》が迫っていた。

美咲は目を見開いた。

状況に気づいた郷人《さとびと》たちのなかから、非難するような悲鳴があがった。

背後から彼女らを羽交《はが》い締《じ》めにしているのは、郷人のふりをするために山伏《やまぶし》装束を着た弘人と劫《めぐる》である。雁木小僧《がんぎこぞう》もそばにひかえている。

「ヒロ！」

捕らえられているはずなのに、いつの間《ま》に自由の身になったのか。

「めでたい婚儀の最中になにごとだ。ネズミは一匹ではなかったようだな」

陀羅尼坊がずいと前に出て、苛立《いらだ》たしげに弘人と劫を見据《みす》える。

(劫と雁木小僧がヒロを助けたんだわ……)

目目連《もくもくれん》の使役主《しえきぬし》は、弘人が単独で郷入りしたと陀羅尼坊に告げたようだ。

手下どもがわらわらと横に出てきて行列が乱れた。

「婚儀を中止して、美咲を郷から解放しろ」

弘人が陀羅尼坊に向かって声高《こわだか》に言った。

手下が弘人らに飛びかかろうとするのを、陀羅尼坊が制した。

のように。

「そなたの相手はこのわしだろう。その巫女たちをはなしてやれ」

陀羅尼坊はなぜか不遜《ふそん》な笑みを浮かべて弘人に言う。相手を煽《あお》りたててこの状況を楽しむか
弘人は美咲のほうを一瞥《いちべつ》してから、ふたりの女天狗を解放した。

それから、おののく郷人の視線を浴びながら堂々と陀羅尼坊の前に立ちはだかる。

「おまえを殺すまでこの郷を出られないというのなら、おれはおまえを殺すぞ」

弘人は低い声で告げると、返事を待たずに打刀で陀羅尼坊に斬《き》りかかった。

「ふん。いつまでそんな口を叩《たた》いていられるか、見ものであるな」

陀羅尼坊は、ばさりと羽根《はね》をひらめかせてその攻撃をかわす。

すかさず弘人が二の突きを繰り出すと、陀羅尼坊は錫杖でもってそれを阻止《そし》する。

儀礼用の錫杖だと思っていたがそうではなかった。

(まるで戦うために用意していたみたいだわ)

ふたりのやり取りを前に、美咲は手に汗を握った。

陀羅尼坊は想像していたよりもずっと強い。弘人の猛攻をひらひらとかわしているだけだったはずの彼が、しだいに攻勢に転じてゆく。

打刀と錫杖が幾度もかち合い、剣戟《けんげき》の音に似たひびきが夜空にこだまする。

郷の天狗たちも険《けわ》しい顔でそれを見ている。

いまや花嫁行列は完全にくずれて、社殿のまわりに輪をつくるかたちとなっていた。

「大丈夫か、美咲」

劫と雁木小僧が美咲のそばにやってくる。

「ええ。ふたりとも、ありがとう……」

美咲がこわばった表情のまま頷《うなず》いたとき。

キイィ――ン、と高い金属音が鳴りひびいたかと思うと、弘人の手にあった打刀がはじかれ、弧《こ》を描いて飛んでいった。

美咲は息を呑《の》んだ。

「どうする、この谷に雷神《らいじん》は呼べぬぞ」

勝機を悟った陀羅尼坊が不敵な笑みをつくって言う。

弘人はすぐに御封《ごふ》を手にし、一気に放った。

おびただしい数の御封が空《くう》を切って陀羅尼坊に襲いかかる。

が、妖気をはらんだ錫杖がそれをすべて撥《は》ねつけた。

弘人はふたたび御封を放った。

それもおなじように薙《な》ぎ払われた。

「強いっすね、陀羅尼坊……」

雁木小僧が苦い表情でつぶやく。たしかに強い。しかし、あれだけの数の御封を間をあけずに放てる弘人のほうに美咲は驚いていた。

（いったいどれだけの妖力《ようりき》を秘めているの……）

「む」

余裕で御封をうち払っていた陀羅尼坊だったが、三度《みたび》攻撃をうけたとき、表情が変わった。

体がすでにいくらかの打撃をうけていたことに、彼はそこではじめて気づいた。

弘人が、一、二歩よろめいて後退した陀羅尼坊に迫った。

錫杖を持つ彼の手を蹴《け》りつけ、じかに御封を彼の体に貼《は》りつけて妖力を封じこめようとする。

が、敵もさる者で、即座に疾風《しっぷう》を巻きおこして弘人の体を撥ね飛ばした。

（羽団扇《はうちわ》も持っていないのに、あんな風を……）

美咲は天狗の繰り出す妖術におののく。

飛ばされて地に崩れ落ちた弘人のもとに、すかさず陀羅尼坊が跳《と》んだ。絞《し》め殺すつもりか、
馬乗りになって片手で弘人の首もとを押さえこむ。

双方の妖気が衝突してバチバチとほの白い焔《ほむら》がたった。

「ヒロ！」

美咲が弘人のもとに駆け寄ろうとすると、

「おまえごときに雷神の力は必要ない」

弘人はにやりと笑って言うと、さらに妖気を解放して鵺《ぬえ》に姿を変えた。

どきりと美咲の鼓動《こどう》が高鳴った。

弘人の実体を見るのは、春先の『高天原《たかまがはら》』の事件以来である。

獅子《しし》のような勇猛《ゆうもう》な面立《おもだ》ち、艶《つや》やかに波打つ銀色の鬣《たてがみ》、優美な虎縞《とらじま》模様の四肢《しし》、毒々しい蛇《だ》尾《び》が妖《あや》しげに撓《しな》る。そこにいただれもが、鵺のその妖麗《ようれい》な姿に目を奪われた。

強い妖気にあてられた陀羅尼坊が、一瞬眩暈《めまい》でもおこしたように怯《ひる》む。

形勢が逆転して、陀羅尼坊が鵺の下敷きになる。

地に押さえつけられた鳥のように、彼の背の羽根がバタバタと動く。

美咲がいいようのない焦《あせ》りをもてあましていると、

「願ったりの流れになりましたな」

ふらりと美咲の横に近づいてきた男が、霊酒《れいしゅ》の香りをただよわせて話しかけてきた。

中途半端《ちゅうとはんぱ》な変化《へんげ》姿の人型をした猫――化《ば》け猫《ねこ》である。

「おじさん、来ていたの？　ヒロを呼んでくれてありがとう」

とつぜん湧《わ》いて出てきたので美咲は目を剝《む》いた。参列者にまぎれていたらしく、郷の天狗とおなじように黒い羽織に色のついた襷を結い下げている。めでたい日なので郷人には酒がふるまわれていたが、ずいぶん飲んでいるらしく猫目が赤く濁《にご》っている。

「でも、こんな展開ちっとも願ってなんかいないわ」

美咲は言った。

「願ったのはわたしだよ、お嬢さん」

化け猫は悦《えつ》に入《い》ったようすで返す。

「なんですって？」

美咲は耳を疑った。となりで、劫と雁木小僧も目を見開く。

「おじさんがヒロたちをこの天狗道《てんぐどう》にとおしてくれたのよね？　あたしを助けるために」

化け猫の不穏《ふおん》な物言いに納得がゆかず、美咲は眉《まゆ》をよせて問い返す。

「ええ。橘 屋《たちばなや》は恩を売っておいて損はない相手ですからな。おまけにあの子息がここの頭領を討ってくれるというのなら一石二鳥《いっせきにちょう》」

「どういうことよ？」

美咲は表情を険《けわ》しくする。

「この染元は昔から呉服《ごふく》の市場《しじょう》にのさばりつづけていて邪魔《じゃま》なのだよ。頭領が死んで郷ごとつぶれてしまえば、私も商売がやりやすくなるというもの」

美咲は思いがけぬ発言に仰天《ぎょうてん》した。

「あんた、そんな下心を秘めてたの！」

商売敵《がたき》の陀羅尼坊を亡き者にしようとしているのか。

「ほほお、さすがは雷神の神使《しんし》。強いのう。鳥が獣に喰《く》われておる……『雲州屋《うんしゅうや》』の時代もすぐそこだな」

化け猫は美咲を無視して、愉悦《ゆえつ》に歪《ゆが》んだ酔顔《すいがん》のままほくそ笑む。

「『雲州屋』って、陀羅尼坊が話してた新手《あらて》の染元の名だわ。あんたもそこにかかわってるの？」

「おや、『雲州屋』をご存じか。あれはわたしが立ち上げたダミー会社よ」

化け猫はちらと美咲を見てから小声で言った。

美咲はそこではっと思いついた。

化け猫は現《うつ》し世《よ》のものをひそかに裏町に流していることを小朱が言っていた。陀羅尼坊の手下たちが話題にしていたあの鮮やかな小袖《こそで》は、もしや現し世のものだったのではないか。化繊《かせん》の着物なら発色はいいし、褪色《たいしょく》も少ない。おまけに量産できるので安価ですむ。

「あんた、まさか、現し世の着物を……」

現し世のものを商品として隠り世に移動させることは掟《おきて》で禁じられている。ものによっては襖《ふすま》をとおすことで品質が著《いちじる》しく変化《へんか》することがあって、思いもよらぬ危険がともなうからだ。

化け猫は美咲の問いには答えないが、毛むくじゃらの猫の顔は薄笑いしているように見えたので確信した。

「いいぞ、そのまま羽根を喰《く》い千切《ちぎ》ってしまえ」

化け猫が髭《ひげ》をぴんと伸ばし、陀羅尼坊が飛びたつのを防ぐために繰り返し羽根を狙《ねら》って動いている弘人を見て興奮する。

「相討ちにでもなってくれればさらに願ったりだ。いまは長男も臥《ふ》せっていると聞いたから、橋屋を討つ千載一遇《せんざいいちぐう》のチャンス。反橋屋の者どもにこの顚末《てんまつ》をふれまわってやろう」

化け猫はしゃっくりをしながら意気揚々《いきようよう》と言う。美咲に話すというよりは、酔っ払って自《みずか》らのもくろみを満足げに確認しているといった感じだった。

「あんた、橘屋を乗っ取るつもりなの？」

美咲はさらなる驚きに目を見開いた。

「大将の首を挿《す》げ替《か》えるだけだよ。わたしは商売さえ自由にやれれば、上に立つ者がだれであろうとべつにかまわんからね。ウヒヒ」

化け猫は野卑《やひ》な笑いをもらす。

弘人に陀羅尼坊を襲わせて、商売敵を消すのがまず一つの目的だった。もしそれがかなわず逆に弘人がやられるようなことがあったとしても橘屋自体は傾くから、現し世の商品を自由に流通させたい化け猫にしてみれば好都合だ。

（謀反《むほん》を企《たくら》んでいるのは陀羅尼坊だけじゃなくて、この化け猫もだったんだわ！）

しかし裏町の覇権を握りたいというこれまでの妖怪たちとは少々異なる。あくまで商売人としての謀反である。

化け猫がいらぬことを吹聴《ふいちょう》しなかったら、陀羅尼坊は疑われず、弘人は美咲に間諜《かんちょう》の役など負わせなかっただろうし、あのときすぐに一緒にここを脱出していた。

陀羅尼坊がそれで自分をあきらめてくれたかどうかはわからないが、少なくともこの雷神の呼べない不利な状況で弘人が陀羅尼坊と戦うことにはならなかった。

美咲の中に怒りが生まれた。

「あんた、あたしを前によくそんな発言ができたわね、この酔っ払いのバカ猫！　忘れたの？　あたしも橘屋の娘なのよ！」

「郷からの脱出もかなわぬ半妖怪の無力なおぬしになにができる？　それより、今後の橘屋経営《とり》の指針《ししん》についてゆっくりと話し合おうではないか。わたしはまずは関東にあるおぬしの西ノ分店《ぶんてん》を足がかりとして徐々に手を広げるつもりなのだ」

西ノ分店を皮切りに他店舗《たてんぽ》の店主も懐柔《かいじゅう》してゆくつもりでいるのか。

「あたしを助けるふりしてとんでもない強欲猫だわ。ヒロを呼んでくれたのは感謝するけど、現し世のものを裏に流すような掟破りは放っておけないわよ。高野山《こうやさん》で頭を冷やしなさい！」

美咲は破魔《はま》の爪《つめ》を出して、化け猫の襟首《えりくび》にひとかき攻撃を食らわせた。

「なんと恩知らずな女だ！　わたしがいなければおぬしなど永久にここに閉じこめられていたのだぞ」

破魔の力が滲《にじ》んで、化け猫はぎゃあぎゃあとわめき散らしながらその場から逃げ出す。

「待ちなさい！」

美咲はすぐさま追いかけた。身動きをとるのに、生地《きじ》の厚い白打掛がまとわりついて、たいそう邪魔だった。劫もとっさに彼を追いかけた。食道楽の小太りした化け猫は、たいして逃げ足が速いわけではなかった。

「観念しろ、化け猫！」

ひと足先に追いついた劫が、先回りして化け猫の行く手を阻《はば》む。

美咲はうろたえる化け猫をひっつかまえると、さらに脚《あし》を払ってその肥《こ》えた体を地面に押しつけた。

いきなり花嫁が捕り物をはじめたので郷の天狗たちがどよめく。

「御封も龍の髭《ひげ》もここにあります。どうぞお縄《なわ》にしちまってください」

そばで一緒に化け猫の体を押さえこみながら、雁木小僧が懐《ふところ》から御封と龍の髭を差し出した。

「ありがとう。あいかわらず気が利《き》くわね、雁木小僧は」

「念のために持参《じさん》したんすよ。まさかとは思いますが、坊《ぼん》になにかあったときはお嬢さんに自力でこの郷から出てもらわなきゃならなかったんで」

「そういうわけだから、あんたはここでおしまいよ、化け猫！」

美咲はうけとった御封を化け猫の額にびしりと貼りつけた。

御封はそのまま黄金色《こがねいろ》の焔《ほむら》をたてて、化け猫の妖気を奪った。

「白無垢で捕り物とは行儀の悪い女子《おなご》だな！」

「あたしの手料理はあんたが高野山《こうやさん》から出てきたときにふるまってあげるわ」

そう言って、美咲は化け猫のずんぐりした体に龍の髭をまわして一気に縛《しば》りあげた。

化け猫は唸《うな》り声をあげてその場に突っ伏す。

3

美咲《みさき》が化《ば》け猫《ねこ》とやりあっている間も、陀羅尼坊《だらにぼう》と弘人《ひろと》の攻防は続いていた。

美咲がふたりに目を戻したとき、腹這《はらば》いになった陀羅尼坊の背に弘人が乗って、鋭い牙《きば》で彼の左翼を喰《く》い千切《ちぎ》らんとしていたから恐ろしくなった。

反対側の羽根《はね》からも派手に血が流れはじめている。天狗《てんぐ》にとって羽根を失うのは命を失うのとおなじことだ。

弘人のほうも無傷ではない。つややかな毛並みのところどころに血が滲《にじ》んでいる。

「ヒロ、やめて！」

美咲は叫んだ。この争い自体、なにか無意味なことに思えてならない。

そばに駆け寄ると、ふたりの妖気が空気を震わせて伝わってきた。相容《あいい》れぬ者同士の波動がピリピリと肌を刺激する。

ここで自分が間に入ったところでどうなるのかはわからなかったが、このままどちらかがこと切れるまで黙って見ていることはできない。

弘人が咎《とが》めるように美咲を見る。ここでこいつを始末しなければ、おまえは天狗道《てんぐどう》から出られない。そういう顔をしている。

視線がからんで、美咲はびくりと背筋をこわばらせた。

姿が変わっても、この瞳《ひとみ》だけは変わらない。胸を締めあげる、美しくも妖《あや》しい翡翠色《ひすいいろ》の瞳。

足がすくんだ。この瞳で見つめられたら、やっぱり勝てない。なにも逆らえない。

美咲はどうすることもできなくなって、震える息を吐き出した。

弘人は陀羅尼坊に向き直った。無慈悲《むじひ》にもとどめを刺そうと新たな妖気を放ちながら牙を剝《む》く。

と、そのとき。

「待て！　ここまでだ」

陀羅尼坊が声をあげた。

喉《のど》を掻《か》っ切らんとしていた弘人が、すんでのところで攻撃を止める。

相手の真意をはかって二《に》、三拍《さんぱく》の間《ま》があった。

美咲はごくりと唾《つば》を呑《の》んだ。

その後、ふっと弘人の纏《まと》っていた妖気が消え失せて、陀羅尼坊を押さえつけたままの状態で彼が人の姿に戻った。

「白旗か」

弘人が抑制《よくせい》のきいた声で問う。

「違う。……いや、そうともいえるが」

陀羅尼坊は肩で息をしている。あたりには、暴れて彼の翼から抜け落ちた黒い羽根が無残に散らばっている。

弘人の息も乱れて傷を負ってはいるが、相手を押さえこんでいるのだから、あきらかに弘人のほうが優勢である。

「婚儀は取りやめだ」

陀羅尼坊は負けを認め、きっぱりと言った。

その言葉をうけて、案外すんなりと弘人が陀羅尼坊からはなれた。

(終わった……)

美咲はほっと肩の力を抜いた。

陀羅尼坊は口もとの血を拭《ぬぐ》いながらよろよろと立ちあがった。

「ひさびさに手ごたえのある奴《やつ》と力比べができた」

疲弊《ひへい》しているのにもかかわらず、妙に清々《すがすが》しい顔で陀羅尼坊は言う。

「力比べだと?　おまえはおれを討って橘屋《たちばなや》を転覆《てんぷく》させるつもりではないのか」

弘人が厳しい顔のまま、問う。

「またそれか。美咲もそれらしきことに触れていたな。何度も言うが、わしには橘屋にたてつく気などない」

陀羅尼坊がまじめな面持《おもも》ちで返す。

しかし美咲は解《げ》せぬ顔のまま、あらたに陀羅尼坊に問いかける。

「でも、あんたにはなにかあるわ、陀羅尼坊。目目連《もくもくれん》をとおして、ずっとあたしを視《み》ていたのはだれなのよ？」

目目連の目があったことを知った弘人が驚く。

「それが謀反を起こそうとしている黒幕ではないのか？」

弘人は陀羅尼坊を見やって鋭く問う。

「言って！　だれが視ているの」

美咲も語気を強めて問いただす。このいまも、また背中にそれが貼《は》りつけられているのではないかと思いながら。

すると、陀羅尼坊が口の端《は》に不遜《ふそん》な笑みを刷《は》いて答えた。

「〈御所《ごしょ》〉の高子《たかこ》殿だ」

「おふくろ……？」

「高子様が？」

予想外の名があがって、ふたりとも絶句した。

高子が、ここに来てからの自分をずっと監視していたというのか？

雁木小僧《がんぎこぞう》や劫《めぐる》も、意外な展開に唖然《あぜん》としている。

「どういうことなんだ?」

弘人が戸惑《とまど》いを隠しきれず、眉《まゆ》をひそめて問う。

まわりにいた天狗たちもざわついている。

「半月ほど前に、酉《とり》ノ分店《ぶんてん》の娘をかどわかすように高子殿から頼まれたのだ。まず、内黒羽根《うちくろばね》とともに予告状を送りつけておいて、茶会で娘に接触をし、その後、実行にうつせと。染め物の都合《つごう》で梅雨明《つゆあ》けの頃にでも迎えに行くつもりだったが、茶会を終えたあと高子殿から時期を早めろと急《せ》かされてな」

「なんのためにそんなこと……あたしたちを、引きはなすため?」

美咲は悲壮《ひそう》な顔でつぶやく。茶会での自分と弘人を見て早急にそうせねばと思ったのか。

「それで終わるのならそれまでの仲だ。高子殿はそなたがここ天狗道から自力でどのようにして這《は》い出るのかを見たかったのではないか?」

陀羅尼坊が答える。

「あたしを、試すつもりだったということ?」

「そういうことだ。気が向いたら口説《くど》いてもよいとも言われていたぞ。落ちたら落ちたでそれは面白いと」

「そんな……」

そういえば陀羅尼坊が口説き文句を口にするとき、きまって目をそらしていた。あれは本心からではなく、すべて芝居だったからなのか。嘘《うそ》をつくのが上手《うま》そうなタイプには見えないから、どうしてもあんなふうにぼろが出てしまったのだろう。

「しかしおれたちが助けに入ってしまったな」

弘人が複雑な顔をしてつぶやく。すると、

「それもありだ。要するにそなたたちふたりが試されていたのだ」

陀羅尼坊はしてやったりという顔で笑う。

「息子が邪魔《じゃま》しにきたりしたら、ぜひとも全力で応戦してやるようにとのお達しだった。わしも自分の力を試してみたいと常々思っていたからふたつ返事だ。……しかしそなた、強いな。こんなところで命を落とすわけにはいかぬから、早々に白旗をあげさせてもらったぞ」

美咲は弘人と顔を見合わせた。

「高子様のせいだったなんて……」

信じられなかった。すべて彼女が仕組んだことだったとは。

（でも、この事実をどう受け止めればよいのか、いまの時点ではいまいちわからないわ……）

かりに陀羅尼坊の言うことがほんとうだとしても、結局自力でここを出られなかった自分に彼女がどんな判断を下すのかは不明である。

美咲は背中が急に気になりだした。いまもそこには目目連がいて、高子はそれをとおしてどこかで自分たちを視ているのにちがいない。

「そういえば謀反なら、あの化け猫が企《たくら》んでいたわ。ヒロをけしかけて、陀羅尼坊を亡き者にしようとしていたのよ」

美咲はふと思い出し、くたばっている化け猫を指さして『雲州屋《うんしゅうや》』に関することを陀羅尼坊に話して聞かせた。あの着物は現《うつ》し世《よ》で生産されたものであること、さらに自由な商売のために橘屋を乗っ取ろうとしていたこと。

「化け猫が黒だったか……」

転がっている化け猫を見ながら弘人がため息をつく。

陀羅尼坊も含む郷《さと》の者たちは、同業者の組合に名を連ねていたはずの化け猫の正体に動揺する。

「しかし、おまえもよくあっさりとおふくろの指示に従ったな、陀羅尼坊。バカげていると思わなかったか、こんな郷人まで巻きこんで大がかりな茶番劇を繰りひろげたりして」

弘人は皮肉めいた口調で問う。

「商売上、高子殿の申し出は断れる立場ではない。それに郷の者たちにはこの事実をあかしてはおらぬぞ。べつにこのまま美咲を嫁にもらってもいいと思っていたのだからな」

陀羅尼坊が平然と言う。たしかにいまこの婚儀の真実を知った郷の天狗たちはみな、意表をつかれた顔をしている。

それから陀羅尼坊は美咲に目をうつす。

「つらい思いをさせたな、美咲。だがちっとはわしに惹《ひ》かれていただろう？」

「いいえ。全っ然」

美咲は思わずつんけんして返した。これまで騙《だま》していたというのだからいい気はしない。

「ふん、照れずともよい。実はわしはそなたが本気で気に入った。生意気に含蓄《がんちく》のある説教をたれてくるところが可愛《かわい》らしい。いまからでもいいから、そやつとの結婚は考え直せ」

「え……っ」

これまでとちがってまっすぐに目を見て言ってくるので美咲はどきりとした。

「じょ、冗談じゃないわよ。だれがあんたみたいな子供なんかと！」

「待っていろ。わしが成人したら必ずやそなたを迎えに参るぞ。そのとき郷の者に歓喜の涙が流れるのをとくと見させてやる」

陀羅尼坊は美咲の言葉を無視し、腕組みして声高《こわだか》に言う。

「あ、あんたが成人したらあたしはもうおばあちゃんを通りこして死んでるわよっ」

美咲は思わず言い返した。

「ならば来世のおまえと夫婦《めおと》になる」

「悪いが来世でもおれたちは一緒になる予定だから、おまえの出る幕はない。あきらめろ、陀羅尼坊」

不愉快《ふゆかい》そうに会話を聞いていた弘人が美咲のそばに来て、ぐいと彼女の腰を引き寄せる。

「そうなの？」

「そうなの」

初耳だった。

「なんか嬉《うれ》しい……」

美咲は思わず頬《ほお》をゆるめた。

「ふん。熱々の仲ではないか。高子殿がそなたらのなにを試したかったのか謎《なぞ》だな」

陀羅尼坊が不貞腐《ふてくさ》れてつぶやく。

「陀羅尼坊……、あんた、そういえば郷の人に涙を許してやることを決めたのね」

ふと美咲は言った。さっき、喜びの涙がどうとか言っていた。

彼の中で、すこしは涙に対する意識が変わったのかもしれない。

「そのつもりというだけだ。そなたがわしの妻になるというのなら今夜にでも解禁にしてやるが？」

「もう、しつこいったら！」

美咲はむくれる。けれど、口先だけでどこまで本気なのかはあいまいだ。いつの間にか彼は、ひと仕事終えたときのようなさっぱりした表情になっている。

「ま、面倒《めんどう》な問題がひとつ片づいちゃってよかったじゃん、美咲」

横にいた劫が言った。

「うん、劫たちもありがとう。こんなところまで助けに来てくれて」

美咲はほっとして微笑《ほほえ》む。

「さっそく酉《とり》ノ区《く》界《かい》に帰りましょうや」

雁木小僧が促《うなが》すように言うと、

「そうだ。そんなところでいちゃいちゃしていないでとっと酉ノ区界へ帰れ」

ぴったりと寄り添い合っている弘人と美咲を見て陀羅尼坊が言う。

さすがに大勢の前でくっついているのも恥ずかしくなって、美咲はなんとなく弘人からはなれようと身をよじった。が、

「待て」

弘人が思い出したように腕に力をこめて美咲を引き留《と》めた。そして雄蝶雌蝶《おちょうめちょう》で飾られた金の長柄銚子《ながえちょうし》を持つ巫女《みこ》天狗のほうに彼女を導いた。

「注《つ》いでくれ」

弘人は朱三宝《しゅさんぼう》の上に重なっている盃《さかずき》を手にし、巫女天狗に向かって言った。

巫女天狗は一瞬ためらったが、陀羅尼坊がなにも言わないので、言われたとおり弘人のさし出した盃に酒を注いだ。

「おまえも飲めよ。もうだれにも邪魔されないよう、隠り世《こっち》では夫婦になっておこう」

弘人は美咲に目をやって誘いかける。

「でも、高子様は……」

こんなこと認めてくれないのでは、と美咲は不安を訴える。けれど弘人は、

「いいんだ。こっちの意思はきっちり伝えた。おれはおまえのところに婿《むこ》入りする」

ゆるぎない瞳をして告げると、盃を干した。

「ヒロ……」

弘人は戸惑いぎみの美咲の手をとって、盃を持たせた。

巫女天狗に神酒《みき》を注ぐように目で合図をする。

美咲の杯が酒で満たされる。現し世のものとおなじ芳醇《ほうじゅん》な香りが鼻先をかすめる。

陀羅尼坊や劫はむずかしい顔をしながらも黙ってふたりを見守っていた。ここまできて邪魔をするような無粋《ぶすい》な者はひとりもいなかった。

「大丈夫だ。もう絶対にはなさない。おまえは、おれが幸せにしてやる」

弘人はふっと微笑みながら言う。包みこむような優しさをたたえた、とても誠実な目をしているのだった。

美咲は彼の言葉に背中を押されて、無言のままこくりと頷いた。

それから、盃の酒を一気に飲み干した。喉《のど》がきゅうと締めつけられたような感じがして、かすかに顔をしかめた。

こんな異郷の、満天の星の下で愛する人と誓いを捧《ささ》げることになるとは思わなかった。
見ず知らずの羽根族の郷人たちに見守られて。
けれど夢のように幸せだった。
(あたし、ヒロのお嫁さんになった……)
美咲はひとつの山を越えたような、あたらしい感覚に浸《ひた》りながら静かに目を伏せた。

終章

美咲《みさき》の希望で、一行はその夜のうちに富士《ふじ》の天狗道《てんぐどう》を出た。

もうずっと現し世《うつしよ》の空気を吸っていない。なんとなく、早く家に帰りたいと美咲は思っていた。

ところが家に帰ると、意外な客が彼女を待ちうけていた。

「おかえりなさい。お待ちしていたわよ、美咲さん」

居間には、ハツと向かい合って和服姿の高子《たかこ》が座っていたのだ。

「こんばんは、美咲さん。おつかれさまだったわね」

なぜか静花《しずか》も横にいて微笑《ほほえ》んでいる。

「あの……」

美咲は面食らったようすで、縁側《えんがわ》に立ちつくす。

「おかえりなさいませ、婿殿《むこどの》。無事に美咲を連れ帰っていただき心より御礼《おれい》申しあげまする」

ハツが深々と頭をさげて弘人《ひろと》を出迎える。

「陀羅尼坊《だらにぼう》の求婚はあなたのさしがねだったと聞いた」

弘人がにこりともせずに高子のほうを見やって言う。

「その通りよ。まあ、ここにお座りなさい、おふたりとも」

高子は比較的おだやかに言った。〈御所《ごしょ》〉や茶会で会ったときのような冷ややかな印象があまりない。

「陀羅尼坊があなた方に告げたとおり、今回のことはわたしの仕組んだことです。情報屋にもあらかじめ効果的な噂《うわさ》を流したりしていろいろと演出させてもらったわ」

高子は、弘人と美咲が紫檀《したん》の座卓を挟んで座るのを待ってから、あらためて切り出した。

「婚儀寸前にまで及んでしまってどうなることかと思っていたけれど、なかなか見ものだったわ。化《ば》け猫《ねこ》の始末もできたようですしね」

「化け猫のこと、ご存じだったのですか?」

美咲はたずねる。

「いいえ。なにかあくどいことをしていると踏んではいたものの、具体的にはなにもつかめてはいなかったわ。まさか今回の事件にからんでくるとも思わなかったけれど、あのごたごたの中で、ちゃんとあなたが仕留《しと》めてくれて助かりましたよ。お手柄《てがら》だったわね、美咲さん」

「なぜ天狗まで抱きこんであんなマネを?」

弘人は納得のゆかぬ顔で問う。

「いろいろな面で、彼女をたしかめたかったのよ」

　高子は美咲に目を合わせて続けた。

「もし天狗道から自力で帰ることができるほどの娘なら、安心してお店《たな》をまかせられる。それ以外にも、のっぴきならない数々の問題をどのように対処してゆくのかをこの目で見てみたかったのです。……富士の陀羅尼坊はうちとは長いつきあいで、見た目は弘人に負けず劣らずの美青年、でも中身は真面目《まじめ》で一本気な子、年は浅いし女好きでもないから間違いもおきない。今回あなたを試すにはうってつけの相手だったわ」

「だけどわたし、結局自力であそこから出ることはできませんでした」

　美咲は身をちぢめて言う。

「ええ、そうね。でも、陀羅尼坊は途中でもうこの仕事からは降りたいと言ってきた。跡取りとしての気概《きがい》は十分に認められるし、弘人への愛情も深い。こんなことをする必要性が感じられない。だからこそ、気に入らないのなら自分が嫁に貰《もら》うとまで……」

「陀羅尼坊が？」

「そう。彼が途中で〈御所〉に来たときにそれらしいことを言っていたわ。彼の挙げかけた婚礼は半分は本気だったのですよ。つまり、彼にそれを言わせる魅力があなたにあったということね、美咲さん。わたしにはまだはっきりとはわからないけれど、今後、時間をかけてゆっくりそれを理解してゆくつもりでいます」

高子は、自分をうけ入れようとしてくれているのか。なんとなくそのことがわかって、美咲はほっとした。

「男まで使って試すとか、勘弁《かんべん》してくれ」

弘人が横でうんざりしたように言う。

「そもそも高子殿の美咲いびりはわしが願い出たことなのじゃ」

ハツがコホンと咳払《せきばら》いをひとつして言った。

「は？　そうだったの？」

美咲ははたとハツのほうを見る。

「弘人殿がそばにおれば美咲が甘えて依存《いぞん》するのは目に見えておる。跡取りとしての自覚が芽生える前にそんな状態になってはまずいので、ちょいと高子殿に活《かつ》を入れてもらったのよ。緊張感があってよかったろ。仲もいい具合に深まって」

「もう、なによ、おばあちゃんたら！」

「おれも聞いてなかったな、そんな話は」

弘人もあきれたようすでぼやく。

「だれにも話してはいなかったわ。勘《かん》のいい鴇人《ときひと》さんは茶会の段階で感づいたらしいですけど」

高子が言う。

「わしと高子殿の間で交《か》わされた秘め事だったのじゃ。ぐふふ」

ハツは笑いをこらえ切れずに吹き出す。

「笑いごとじゃない！　あたしは本気でいっぱい苦しんだのよ」

美咲は唇《くちびる》を尖《とが》らせてハツを睨《にら》む。

「もう弘人殿とめでたく結ばれたのだから、この手のいたずらは仕掛けんから安心せい。しかし冷静になって考えてみよ。天狐《てんこ》の血脈《けつみやく》を持つ我《わ》が家を、橘屋《たちばなや》が腹心《ふくしん》から外すわけがなかろうて」

たしかにそのとおりである。

「だからお上《かみ》だけがはじめから酉《とり》ノ分店《ぶんてん》への婿入りを認めていたのか」

弘人が納得したようにつぶやいて肩をすくめる。

美咲も、お上と高子とでは意見が異なっているのが気になっていた。お上まではさすがにグルにはならなかったようだ。

「だが高子殿が、半妖怪であることや、おまえさんの頼りなさに不安を覚えていらしたのも事実。〈御所〉での嫁いびりはあながち芝居でもなかったと仰《おお》せになられたぞ、美咲よ」

ハツが面《おもて》をひきしめて告げる。

「え……」

美咲は内心びくりとした。

「店主としてというよりも、それ以前に、大事な息子をゆだねる相手ですもの。嫁として、まずしっかりした娘さんであってほしかったのです」

美咲は身の引き締まる思いがした。〈御所〉で厳しい言葉をうけたときは、悲観的になって自分のことばかり考えていた。けれど、高子のほうにもちゃんと思いはあった。ただいたずらに自分を責めていたのではない。高子も息子の幸せを願う一人の母親であったということだ。

美咲の中に、いまになってようやくそれを理解する余裕が生まれた。

「わたし、ちゃんと弘人さんの支えになるよう、頑張ります。もちろん店主としても」

凛《りん》と背すじを伸ばして美咲は言った。

「ええ。ぜひともそうしてちょうだい。……それにしても、あなたが打ちひしがれる姿は痛快だったわ、美咲さん。可愛《かわい》らしいものを痛めつけるのは気分がよくってよ、ほほほ」

高子はそう言って高らかに笑う。

「は、はあ……」

（ヒロの嗜虐《しぎゃく》趣味は母ゆずりなのね……）

美咲は精一杯のかたい笑みを返しながらそれを実感する。

「そうそう、藤堂家《とうどうけ》のほうにはわたくしが話をつけておきました。静花さんにも協力していただいて」

高子は言った。

「静花さんが？」

美咲が静花を見ると、彼女は頷いた。

「お茶会の日に高子様から告げられたのです。お上がやっぱり西ノ分店に婿入りさせるつもりでいるようだから、うちへの婿入りはあきらめてほしいのだと。それでわたくしがパパにお願いしてさしあげたのよ。もう弘人様と結婚する気はなくなったと」

それであの日はなにやらつんけんしていたのか。ずっと弘人と結婚するつもりでいたのだから、高子からの宣告は寝耳に水だっただろう。

（静花パパは娘に甘い人だから、きっとしぶしぶながらも承諾《しょうだく》したのね）

「弘人様が美咲さんのことを好きだってことぐらい、はじめから知っていたわ。今日は陀羅尼坊のかどわかしの件を高子様から聞かされていたにもかかわらず、あなたが陥《おとしい》れられるのを知ってて知らぬふりをしていたのがわたくしとしては潔《いさぎよ》しとしなかったのでこうして頭をさげに来たのです。ごめんなさいね、美咲さん。でも、ちょっといじわるしてみたかったのよ」

静花はそっけなく言って、ツンと横を向く。

「静花さん……」

「ありがとうな、藤堂」

弘人が礼を言った。

「いいえ。どういたしまして。おふたりとも、どうぞお幸せに」

静花はにっこりと微笑んで言った。作り笑顔だとありありとわかるのだが、場の雰囲気《ふんいき》をとりつくろうための表情としては十分に立派だった。

美咲はなんとなく胸が痛んだ。何年も想《おも》ってきた相手を突然あきらめられるわけがない。弘人が言うには、静花は親に言われるままに弘人を慕《した》っているだけで恋をしているのとはちがうらしいが、ほんとうのところは本人にしかわからない。

それからおりよく榊《さかき》が静花を迎えに今野家《こんのけ》にやってきた。

美咲は静花を呼び出した。

「静花さん」

美咲は別れ際《ぎわ》に、なんとなく静花の大きな瞳《ひとみ》が潤《うる》んでいるように見えたので、玄関で思わず引《ひ》き留《と》めた。

静花は振り返った。泣いているように見えたのは気のせいだった。

「あの……、ほんとうにありがとう……」

ほかに気のきく言葉もみつけられないまま、美咲は心にあった気持ちを伝えた。

「わたくし、この前の総介《そうすけ》さんの事件のとき、彼にとどめを刺せないでいた弘人様を見て確信しましたの。美咲さんには勝てないって」

「え……」

美咲は突然の話題にすこし驚いた。

たしかにあのとき弘人は、謀反《むほん》の罪を犯《おか》した総介を自《みずか》らの手で始末するつもりでいた。どのみち処刑される身であるからと。けれど、美咲が止めに入ったためにとどめを刺せなかったのだ。

「わたくしの知っている弘人様からは想像もつかない反応だった……。わたくしはあのとき悟ったわ。弘人様の中で、あなたがどれほど大きな存在なのかを。あれは、あなたのために思いとどまったのよ、美咲さん。あなたを想う気持ちが彼にそうさせたの」

静花は美咲をまっすぐ見つめて言った。

「だから高子様から婿入り先のお話を伺《うかが》ったとき、弘人様自身も美咲さんを選ばれているのだからと自分に言い聞かせることができて、なんとかあきらめもついたわ」

「静花さん……」

なにか感慨《かんがい》深いものが胸に広がってゆくのを感じた。

静花は当時を思い出してやや険《けわ》しい面持《おもも》ちだったが、ふっと瞳をやわらげて言葉をついだ。

「わたくしにこんなつらい思いをさせたのだから、ぜひとも幸せになってちょうだい。離婚なんてしたら、しょうちしないわよ」

美咲は言われるままに頷いた。

「そうそう、わたくしのことならご心配なく。弘人様よりももっといい殿方をつかまえて、わが申《さる》ノ分店を一緒にもりたててゆきますから。酉ノ分店に負けないようにねっ」

いつもたくましいことを言う彼女らしい科白《せりふ》だった。

それから静花は別れを告げて踵《きびす》を返す。

最後に彼女が見せたのは、せつなさをはらんだ心からの美しい笑顔だった。


「……で、どっちの部屋で寝るんだ？」

高子を見送り、遅い夕食をとってから先に風呂《ふろ》をすませた浴衣《ゆかた》姿の弘人が、食器の後片づけをしていた美咲にさっぱりとした顔でたずねてきた。

「なんの話？」

美咲は内心どきりとした。

「寝床《ねどこ》の話だよ。二階のおまえの部屋か、はなれのおれの部屋か」

「い、いままでどおり、それぞれに」

美咲は皿を食器棚《だな》に戻しながら、冷静を装《よそお》って真面目《まじめ》に告げる。

「夫婦が別室で寝るのか？　かりにも今夜は結婚初夜」

「たしかに式は挙げたけど、それは隠《かく》り世《よ》の話でしょ。こっちではまだ籍《せき》も入っていないんだから、ただの同居人よ」

「なるほど。うまいこと逃げ道をつくったね、おまえ」

弘人は心底感心したように言う。が、

「なら、いまから裏町に戻るか」

と、すかさず返してくる。

「あの……、陀羅尼坊を見習ってくれない？　彼は結婚まで清らかな関係で我慢できるような節操《せっそう》のある男だったわよ」

「それじゃまるで、おれが節操のない男みたいに聞こえるな」

「そのとおりじゃない」

美咲はぼそりと小声でつぶやく。

「なんか言ったか？」

「いいえ。とにかくこっちの世界ではいままでどおりじゃなきゃだめよ」

いろいろなことがありすぎて、まだ心構えができていないというのが本音だった。少なくとも今夜は、事態をうけ入れる余裕はない。

「わかった。だったら、明日の朝の味噌汁《みそしる》に白木耳《しろきくらげ》を入れてくれるなら我慢してやる」

弘人は案外あっさりと別の提案に切り換《か》えた。

「い、いいわよ、それくらい。ストックはあるし、たっぷりと入れておいしいのを作ってあげる」

白木耳は美咲も嫌いではないし、お安い御用である。

「じゃあ、約束だぞ。おやすみ」

弘人はわりと満足げな顔で告げると、踵を返した。

「おやすみなさい」

弘人の背を見送りながら、はじめから同室で眠るのなんて冗談だったのかもしれないと美咲は思った。ちょっと気持ちをたしかめるくらいのつもりの。

いずれにしても、待ってくれる弘人が嬉しかった。こっちの気持ちを尊重してくれるその優しさが、そのまま愛情のように感じられるのだった。

（なんか幸せ……）

晴れて高子にも認めてもらえたし、自分たちはいまとても深いところで繋《つな》がっている、それをたしかに感じる。

真綿《まわた》にくるまるような幸福な気持ちでゆっくりと風呂に浸《つ》かって、美咲は鼻歌で自室に向かった。

（あれ……？）

ドアの取っ手に手をかけたとき、ふと違和感をおぼえた。

金属製の取っ手はきんと冷えていた。初夏なのに、体の芯《しん》にじかに響いてくるほどの異様な冷たさだ。それは妖気にも似た感覚だった。

そしてドアを開けた瞬間、美咲ははっと目を見開いた。

床を埋める白雪《しらゆき》。

窓ガラスや机やベッドにびっしりとおりた霜《しも》。

天井《てんじょう》からぶら下がる幾本ものつらら。

見慣れたはずの自分の部屋が、信じられない様相に一変していた。

室内からもれた肌を刺すような冷たい空気が、湯上がりの美咲の頬《ほお》をひやりとかすめてゆく。

「どうなってるの……」

そこは吐く息も凍る、氷点下《ひょうてんか》の世界だった。

終

あとがき

こんにちは。高山《たかやま》です。

あやかし恋絵巻、橘屋本店閻魔帳、ふたりの気持ちが試される第4巻です。

とんとん拍子《びょうし》にくっついたふたりでしたが、美咲《みさき》が天狗《てんぐ》からいきなり求婚されてしまい、事件になりました。

今回の敵は天狗。

天狗は鬼とおなじく妖怪モノには欠かせない存在で、ぜひとも書きたいと思っていました。

敵方で、背中に羽根があって、山伏装束《やまぶししょうぞく》を着ていて……頭の中でイメージしたとき、思わず攫《さら》われたくなるような色っぽい天狗にしようと意気込んだのですが、若くして郷《さと》の頭領になったという設定が妙に幅をきかせて、あのようなキャラになりました。

でもくまのさんからいただいたラフ画を見たら、見かけはやっぱり攫われたくなるようなかっこいい天狗だったので、美咲は彼と性格も合っているようだし、このまま嫁になってもいいんじゃない？　とちょっと思ってしまいました。ごめん、弘人《ひろと》。

ちなみに天狗には嘴《くちばし》のある烏天狗《からすてんぐ》というのもいますが、陀羅尼坊《だらにぼう》はふつうの天狗です。

今回は、美咲がお嫁さんにさせられました。

狐《きつね》の嫁入りのシーンは、この一枚でお話が書ける……と思い、むかし切り抜いて手元に残しておいた一枚の写真からイメージして書きました。朝刊に載《の》せられた、飛驒古川《ひだふるかわ》で催《もよお》される狐火祭りの写真です。

狐火祭りは、その年に選ばれた実際に夫婦になるカップルが、顔に狐の化粧を施《ほどこ》して花嫁行列で町を練り歩くという行事。夜の篝火《かがりび》に照らされた狐の花嫁はほんとうに美しく幻想的で素敵です。いつか、本物を近くで見てみたいものです。

弘人は今回、美咲をほかの男に奪われてやきもきしたはずなんですが、書き終えてみると意外にも冷静でした。そもそも自分に自信がある人というのはおれ様が一番と自負しているはずなので、嫉妬《しっと》という感情は案外少なくてすむのかもしれません。

が、彼は次の巻で、本気で怒りそう……。

お礼に移らせていただきます。

担当様、いつも適切なアドバイスをくださいましてありがとうございます。

そしてお忙しい中、イラストを描いてくださったくまの柚子《ゆずこ》様。今回は贅沢《ぜいたく》にもリクエストをしてしまいました。天狗の郷で再会したふたりの、美咲が弘人の手に自分の手を重ねているところ。くまのさんの描かれる手がとても好きなので、このシーンを絵にしていただきました。いつも素敵なイラストをありがとうございます。

その他、出版に携《たずさ》わったスタッフの方々、そして4巻を手に取り、読んでくださった読者の皆様方にも心よりお礼申し上げます。ほんとうにありがとうございました。

また、お会いできることを夢見て。

二〇一一年　一月

高山ちあき

おもな参考文献

日本妖怪異聞録　著・小松和彦（小学館）

※この作品はフィクションです。実在の人物・団体・事件などにはいっさい関係ありません。

祝4巻♪
男同士の秘密ができちゃった弘人君は
二人にいじられるとよいと思います♪

この作品のご感想をお寄せください。

高山ちあき先生へのお手紙のあて先

〒101-8050 東京都千代田区一ツ橋2-5-10
集英社コバルト編集部　気付
高山ちあき先生

たかやま・ちあき
12月25日生まれ。山羊座。B型。「橘屋本店閻魔帳～跡を継ぐまで待って～」で2009年度コバルトノベル大賞読者大賞を受賞。コバルト文庫に『橘屋本店閻魔帳』シリーズがある。趣味は散歩と読書と小物作り。好きな映画は『ピアノレッスン』。愛読書はM・デュラスの『愛人(ラ・マン)』。

橘屋本店閻魔帳
星月夜に婚礼を！

COBALT-SERIES

2011年3月10日　第1刷発行

★定価はカバーに表示してあります

著　者　高山ちあき
発行者　太田富雄
発行所　株式会社 集英社
〒101－8050
東京都千代田区一ツ橋2―5―10
(3230) 6268(編集部)
電話　東京 (3230) 6393(販売部)
(3230) 6080(読者係)
印刷所　大日本印刷株式会社

ISBN978-4-08-601506-6 C0193

好評発売中 コバルト文庫
高山ちあき
イラスト／くまの柚子
のれんの色が変わるとき、
あの世とこの世の
扉が開く──。
橘屋本店閻魔帳
花ムコ候補のご来店！
読者大賞受賞作!!
和風コンビニ橘屋の跡取り娘・美咲《みさき》の家に、
本店のお坊ちゃまである弘人《ひろと》が現れて!?
橘屋本店閻魔帳
恋がもたらす店の危機！
弘人に他店との縁談があると知りショック の美咲のもとに、幼なじみの妖狐が…。
橘屋本店閻魔帳
ふたつのキスと恋敵！
同居をはじめた弘人に口説かれ続ける美咲。だけど、他にも女の気配がして…？